U0020055

焚鶴人

余光中

目次

編者的話

「我的散文，往往是詩的延長」

「每一次出國是一次劇烈的連根拔起，自泥土、氣候，自許多熟悉的面孔和聲音。」

一九七二年，《焚鶴人》由純文學出版社出版，是余光中第四本文集。收錄作品多寫於一九六八至一九七一年，為其創作正豐的盛年時期。此時期的余光中已在文壇享有盛名，執教有年，一九六九年受邀赴美是他第三度踏上新大陸的土地。離開故鄉頗有時日，此次又遠離久居的臺灣，造就了迂迴的鄉愁綿思，也是對故鄉的兩重回望。

在六、七〇年代，空氣中流淌著搖滾樂的美國，巴布・狄倫（Bob Dylan）與披頭（The Beatles）的作品飽含詩性，成為一種詩與歌結合的新藝術。〈現代詩與搖滾樂〉一文中，余光中傾倒於搖滾樂富含節奏、回應時代的生命力；同時期致敬狄倫作品的詩作〈江湖上〉傳誦一時，更是民歌運動重要的一筆。可以說《焚鶴人》文集所橫跨的年代，正是余光中創作生涯的重要節點。

「右手寫詩，左手寫散文」的余光中，詩中的聯翩意象、豐美音韻及古典融合是一大特色，但在受矚目的詩歌創作外，更有不少讀者鍾愛其散文而勝過詩。

「我的散文，往往是詩的延長；我的論文也往往抒情而多意象。……與其要我寫得像散文或是像小說，還不如讓我寫得像——自己。對於做一個enfant terrible，我是很有興趣的。」在《焚鶴人》的後記中，余光中為個人的非韻文創作下了巧妙的註解。他以對中文的熟習調度字句，行文不拘文白而直抒己意，從優美的景物描寫中溢出深情。〈下游的一日〉隨聯想馳騁翻飛，〈蒲公英的歲月〉揉合懷鄉的基調與對自身際遇的悵惘，〈丹佛城〉則遊走於萬仞山峰間，以陽關西域連結新舊大陸的意象。而他雄辯博識的文論批評，則在明快犀利的言辭間，展現對於文學、文化的殷殷期許。〈我們需要幾本書〉提出華文世界亟需編選的書籍，擘畫現代文學的走向；〈翻譯和創作〉細究公式化譯文之病，剖析兩者間微妙交纏的關係；〈如何謀殺名作家？〉則劍指文藝產業怪象，用幽默機智的筆法一一點評。瑰麗修辭與滔滔文氣下，展現詩人對於世界、社會的觀察與負擔。

集中也收錄余光中難得一見「投向小說的問路石」——〈食花的怪客〉與〈焚鶴人〉。

前者受錢鍾書影響，後者除了是自身經歷的投射，也曾被李安改編為微電影，成為美國留學申請的審查資料。

許多創作者自言，余光中的作品為其文學的啟蒙與養分。時隔半世紀，其作品依然在文學藝術上作為一代人心中的經典流傳，並為我們展現了時代切面下的集體精神風景。

下游的一日

那天在觀音山下一個尼姑也沒有見到。修女，倒是有好幾位。就坐在第一排，白巾白袍，像一行文靜的「洋百合」。湛湛的江水，巨幅長玻璃外自在地流，藍悠悠，幾隻水禽在晚秋的豔陽中閃著白羽。這是琺瑯瓷油成的亮晴天，空中有許多藍，藍中有許多金，有誰要晴朗的樣品，這就是。玻璃的這邊，他聽見自己的聲音，經過麥克風放大而顯得有些變質的自己的聲音，在一座線條清晰，多鋁多玻璃的大廳上，激起一派回響。他誦的大半是出國前的一些作品。那裡面當然也是他自己，只是已經有一點陌生罷了。才五六年，那一個自己，竟然已經有一點像標本了。他幾乎想坐下來好好想一想，好像靈魂上發現了一條皺紋，需要將它燙平。不過臺上人是沒有這種自由的。臺上人一恍惚，就會造成一段荒謬的冷場。忽然他發現有一雙眼睛正投向窗外，被外面的風景映起反光。那是一雙年輕的眼睛，裡面有很多水，水面有很多光；他羨慕她有機會在這種晴得虛幻的日子，一面聽講，一面出神。他也經過大二的日子，知道肉體參加眾人，讓神魂飛到遠方去的那種情味。可是其他的眼睛都向他集中，像許多敏感的觸鬚在合編一張網，要捕捉他的眼睛。這是帶有一點催眠的意味的。眼與眼的對視，久了，就超出靈魂所能負擔的程度，因為真相總是可畏的。一位音樂家（是帕嘉尼尼嗎？）在行經魚屍並列的市場時，忽然想起他當晚有場演奏會。如果這不是一個笑話，那位音樂家的孤絕感，也未免太尼采了吧。他感覺中的聽眾，卻像希臘神話中的百眼獸，眈眈，睽睽，令人心悸。他當然並不怕那些聽眾。再大的百眼獸，他自信也能馴服，甚且逗它發笑。他怕的毋寧是雙眼獸：目光停留在一張臉上，變成一比一的對視，情形就大不同了。

雙眼獸是有靈魂的。百眼獸有沒有靈魂，就很成問題了。百眼獸對他的要求，是表演。所謂演講，本來就是一半講，一半演，演得那頭百眼獸恍若催眠，否則，被催眠的就是他自己了。站在臺上的，當然也是他自己，至少是他許多自己中的一個，那個自己為他贏得許多掌聲，許多笑靨，許多眼睛的驟然發光。可是那並不是他最喜歡的自己。兩年來，他幾乎記不得做過多少次的馴獸師了。獸有大有小，愈大的愈像獸，而愈像獸的，馴起來，也就愈加刺激，富於冒險的意味。不過那種經驗總是很寂寞的，因為你總是以一對百，甚至以一當千。對他們，你是一個熟悉的名字，啟開一些封面，他們就可以審視你靈魂的標本，你的祕密是公開的；對於你，他們永遠是未知數，他們，只是許多陌生的總和。坐在暗處的，固然寂寞，但站在亮中的，另有一種寂寞，寂寞得緊張，而且疲倦。

此刻，潛在他意識深處的，是一個含糊的，有點隱隱發痛的慾望。在自己聲音間歇的空隙，那蠢蠢的慾望在搔癢他的靈魂，說：「為什麼不選一雙柔和的眼睛，僅僅是一雙，而且對它說：『這樣好的天氣，這樣貴的陽光，跟我一同出去吧，去細密的相思樹下，或是去江邊，聽我說一些上游的故事。你是大一吧？是嗎，我猜得不錯。從你的眼睛，從你流盼時清爽的眼神，我猜得出你是新人。我也曾是大一的新人，在一所也是教會的大學。我敢打賭，那時候，我比你更寂寞，更容易受傷，更充滿矛盾，對外面的世界，更加神往。江邊真是美好，這陽光，像透明的黃玉，在這種不可置信的完美中，你該坐在一塊隕星似的怪石上，想一些上游的事情。』」

這只是剎那間朦朧的慾望罷了，他當然不能走下臺去，拾起那雙眼睛。事實上，當他的眼光再度從手中的書頁向下面掃掠，那雙眼睛，不，連那張臉也不見了。下一瞬，他只看見一隻眈眈而視的百眼獸。這種失落感，在他，已經是尋常事了。記憶裡，有許多許多臉，不一定都怎麼美麗，但是有靈氣，有個性，有反應迅速的光彩。他記得那些臉，像太陽記得盛開的向日葵們。當然不全似向日葵，因為有的典麗清雅，像蓮，有的俊逸倜儻，像水仙。因為曾經出現在他粉筆的射程內的，有媬祖的女兒，也有海倫的後裔。回國已經兩年，偶爾，在變幻的晚雲上，或是囚在亞熱帶濕悶的雨季，他會記起那些臉來，輪廓分明眼神奕奕褐髮飄動的那些臉……倪丹啊，文葩啊，史悌芬啊，他會對自己默默吟念。不過他是生存在這樣的一個世界，留下來的固然不少，但失落的無疑更多更多。那些臉啊那些臉，媬祖的和海倫的臉，一張繼一張，在時間之流上飄浮而去，一朵接一朵，如蓮。「當然，我不是捕蝶人，」他這樣對自己分辯。「只是每飛走一隻燕子，便減掉一點春天。」上星期六他經過一方水池，見一朵孤蓮在秋日的金陽裡抵抗十月底的涼風，不禁立定了怔怔而視，直到他打出一個噴嚏。

他仍然在朗誦自己的作品。他聽見自己帶一點江南腔的不標準國語，在大廳晴明的空間盪起回音。據說那就是他的聲調，在收音機和錄音帶上都是那樣，帶那麼一點磁性，節奏矜持而舒緩，但音色頗為圓熟。這一點，他是頗引為自豪的。小說家華麗瑜——性急而豪快的

「學妹」——就一直嫌他說話太慢，而他，總覺得她口齒太快，心還沒到，舌已先搖。想到華麗瑜，他忽然若有所失。前天還接到她一封國際郵簡：「怎麼樣？泡在島上做猢猻王，不想出來蹓蹓？萬聖節快到了，楓葉和橡葉燒成一片。還記得五大湖區的秋天嗎？」這真是從何說起。他怎會忘記那種成熟之美，渾然而厚的那種大陸性氣候？他怎會忘記那種純然透明的空氣，一腳踏出戶外，撲面就是一陣開胃的草香，你覺得髮根一下子浸在冷得醒鼻的風裡，清潔的肺浮在空中，翼然如雲，而陽光燦燦，怎麼水晶球裡瀉著黃金？真的，萬聖節又要到了，明天就是萬聖節的前夕。想著，他果真翻到十年前留學時所寫的，一首歌吟萬聖節的作品，朗誦起來。於是有濃郁的土香升起，摻著一股南瓜的氣味。

陽曆，是萬聖節，陰曆，正是重陽日。他告訴自己，今天是他的生日。對於每個人，自己來到這世界的那一天，總是帶一點神祕，且有催眠的力量。對於他自己，重九這日子更是如此。根據西方的迷信，詩神亞波羅、酒神戴奧奈塞司、大神宙斯、巫師墨林、眾神之使者赫爾彌斯，都以冬至這一天為生日。難怪格瑞夫斯的第七個孩子生在冬至，詩人竟得意到賦詩以慶，寫了那篇〈冬至喻璜兒〉。自己竟然誕生在重九，他也暗暗感到自豪。因為這也是詩和酒的日子，菊花的日子，茱萸的日子。登高臨風，短髮落帽，老詩人悲秋亦自悲的日子。他曾經自稱「茱萸的孩子」，遺憾的是，已故的母親不能欣賞這樣的句子。終於又是重九了，在這無所謂秋天不秋天的島上。怎麼忽忽竟已是第十九個重九了？在大陸，這樣爛熟的小陽春，風景一定停留在美的焦點，人們向海拔更高處攀去。可是登高不為望遠，為避難，為了逃一個大劫，他這樣提醒自己。於是自豪之中，又感到深沉的哀傷。他的生日就是這樣：名義是登高臨遠，慷慨逍遙，但腳下是不幸，是受苦受難的大地。他那一代的孩子，在一種隱喻的意義上說來，都似乎誕生在重九那一天，那逃難的日子。兩次大戰之間的孩子，抗戰的孩子，在太陽旗的陰影下咳嗽的孩子，咳嗽，而且營養不良。南京大屠城的日子，櫻花武士的軍刀，把詩的江南詞的江南砍成血腥的屠場。記憶裡，他的幼年很少玩具。只記得，隨母親逃亡，在高淳，被日軍的先遣部隊追上。佛寺大殿的香案下，母子相倚無寐，槍聲和哭聲中，挨過最長的一夜和一個上午，直到殿前，太陽徽的騎兵隊從古剎中揮旗前進。到現在他仍清晰記得，火光中，凹凸分明，陰影森森，莊嚴中透出獰怒的佛像。火光抖動，每次都牽動眉間和鼻溝的黑影，於是他的下顎向母親臂間陷得更深。其後幾個月，一直和占領軍捉迷藏，回溯來時的路，向上海，記不清走過多少阡陌，越過多少公路，只記得太湖裡沉過船，在蘇州發高燒，劫後和橋的街上，踩滿地的瓦礫、屍體，和死寂得狗都不叫的月光。

「月光光，月是冰過的砒霜。月如砒，月如霜，落在誰的傷口上？」誦完最後一首詩，那百眼獸便騷動起來，掌聲四起，像一群受驚的野雁。終於響聲落定，外面的風景溢進窗來。女孩子們的笑聲，呼聲，溢向戶外，投向石院中豐盛的陽光。

女孩子們被聖心的鐘聲召走後，一位身材修長的修女開始帶他參觀這座女子大學，且用夾英文的三明治中文，向他娓娓介紹建築的風格。濃密的相思樹叢裡略帶鴿灰調子的白色校舍，在半下午的豔陽中顯得分外乾淨悅目。向陽和背光的各式牆面，交錯形成雅趣的幾何構圖。這是一座新型的現代建築，設計人的品味顯然傾向純淨主義，那樣豪爽地大量使用玻璃，引進幾乎是氾濫的光。真的，現代建築是雕刻的延長。整座校舍像一顆坦然開放的心，開向天光。當光沛然瀉下，靈魂乃勃然升起。

「這是島上最迷人的建築了，」他讚歎說。

「謝謝你，」修女說。「這座建築物處處埋伏著心機。每轉一個彎，你就發現一個不同的雕塑品。我來這裡已經兩年，到現在，還沒有完全看清楚。」

「恐怕天使也要迷路呢。」

她笑了一下，接著又為他推開一扇門。

「在某種意義上說來，」他得意洋洋，大發議論。「建築家的心靈和作曲家的心靈是很相似的。前者在設計的過程中，必須同時顧到一個立體的各部分在不同的角度所呈現的形象，正如後者在經營一個交響曲時，必須在聽覺的想像中，聽見那麼多不同的樂器各自的和綜合的聲音……」

「根據你的說法，」她打斷他的宏論。「我們正走上這座塔樓最迷人的一彎旋律了。」說著她領他步上一座迴旋梯，從樓底攀向三樓。四壁呈圓柱形，每走一步，就改一個方向，同時也升高一級，而每升數級，肘邊便開啟一道垂直而狹長的窗，引進現代的也是中世紀的光。但丁啊但丁。他的心境頓然內外皆通明。肉身和靈魂休止了戰爭。他正想說：「這樣的無阻無礙令我驚惶，」忽然發現他們已經在戶外，莫遮莫攔的空間匍伏在他們腳下，那樣虛無而燦爛的空間，風，吹過，光，瀉過，圓圓的藍在四周運轉。他緊張地側過臉來，準備看見，同時又害怕看見什麼有翼的東西。

「你看，對岸的一草一木都這麼清清楚楚，」她說。

何止是清楚！簡直是透明。他覺得，只要他肯看，他可以看見任何東西，和它們背面的一切。他甚至覺得，他能夠看見自己的頭頂和腳底，立在光中，他看得見自己的四十個影子。他興奮得想告訴她，今天是他的生日，而她一定是一個天使，帶他到這樣高的地方。一定，有甚麼劫難就這樣躲過。可是他忍住了不說，因為在藍渺藍茫的中央，似乎有什麼啟示在向他開放，只向他開放，而一落言詮，一切恐立刻會消逝。

接著他意識到，她說這裡已經是河的下游，順流而下，不遠處便是海口。事實上，他只有一隻耳朵在聽她說話。另一隻，聽見的是上游的水聲，是過去，是過去十八年的水聲，風聲。因為都市在上游，那百萬人蟻聚蜂擁的都市，令人興奮，無聊，窒息，每到雨季就令人霉腐，風季，就令人做惡夢，那都市。因為他的家，他的妻，他的小女孩們在上游，那城市，因為他的老師和學生在上游，他的學生，他的讀者和聽眾，朋友和敵人。日落時，他仍將回到那裡，因為不能不回去。天網恢恢，疏而不失。因為有一個老人坐在夕照裡，等他的兒子。一個女人臥在床上，等她的丈夫。一窩白皙的女孩在夢中，夢見她們的爸爸。因為有敵人等他們爭論的對手，有更多的朋友等他去輸血，輸信仰，輸希望。因為有眾多的讀者，聽眾，學生，無形的，有形的，那些百眼獸，在等待牠們的馴獸師，獸醫，飼料。因為有一群猛烈的編輯埋伏在那裡，一撲而上，準備舐食他的腦髓和心。有一把梳子，要收割他的落髮。一柄剃刀，要刈盡他憂煩的髭鬚。幾百畝的稿紙，要派克二十一去開墾。因為，血肉之軀，日日夜夜，誰能抵抗那許多電話，限時信，通知通知通知？危機四伏的日曆，戰戰兢兢走過去，像走過一個佈雷區。

初來島上，那都市還是頗有田園風的小城。那時，紅色計程車的蟹族尚未橫行，單車騎士還有點蕭灑的古典意味，他和同班的年輕騎士可以並轡疾馳，直到碧潭的橋下。回家的路上，他慣於停下來，為了貪看白鷺的那種白，稻田的那種青青。而一早，送報人便竄進所有的巷子，「像松鼠賽跑」。夜裡，按摩者的笛音由遠而近，由近而渺，似乎告訴他，詩人並不是唯一無寐的心。那時，他髫髭初生，和剃刀還不很親近，領帶可畏如吊索，女同學面前不肯戴眼鏡。一切皆在未定之天，那樣寂寞，那樣年輕。

一輛火車正迤迤駛過對岸，曳著抒情的煙，向入海口的方向。那是他六年前往返駛行的一條路，每星期往返一次，而觀音山就像仰臥的觀音，在車窗外四起的暮色中伴他而行。這些事，在島上發生的這一切細故瑣事，當他在新大陸高速夢遊的歲月，皆已輪廓模糊，今日忽然像對準了焦點的鏡面，一草一木，秋毫悉現，延伸在他的面前。一剎那，他恍若立在時間的此岸，一覽百里地眺視彼岸的風景。而碧澄澄的時間仍向前流著，向前面的海口，即使這樣完美渾圓的一日，也將毫無痛楚地流去。不久他又將回到那城市，再度投入那大磨子，讓四肢百骸七情六慾接受與生俱來的重嚬輾磨。天網恢恢。人網恢恢。肺癌織成的煙網，塵網，細菌之網亦恢恢。美麗的城市啊美麗得多麼危險！他慶幸河流有入海口也有兩岸，城市有中心也有四郊。他慶幸有一個生日，至少有一個生日能這樣度過，這顆心能跳出時間的磁場，這個靈魂能升到天使的高度，這個日子竟如此甘洌可口，像用一根細長乾淨的麥管，向一隻藍玻璃杯中吸金紅的橙汁。他知道，像所有佳日的夕暮一樣，回城的車中，一種悔恨加心怯之情，必定當面向他襲來，像剛剛參加過一位情人的葬禮。

——五十七年十一月十一日

食花的怪客

古典文學的冒思莊教授，十五年來第一次繫一個緋紅的領結來上課。一進教室，就感覺所有的目光都集中在他的頦下。他裝出毫不在意的樣子，走上講臺，開始講課。一抬頭，瞥見前排的幾個女生正湊到一起咬耳朵，一面偷偷舉起眼睫，睨著他微笑。真不該繫這紅領結的，他想。每天早晨，冒思莊從單身教授的宿舍緩緩步行到學校來上課，總是一身深青色的西裝，打一條灰鬱鬱的領帶，天冷的時候，總是戴一頂暗藍調子的法國小帽，遮住半白的短髮。這一身打扮，已經成為校園裡的十景之一。學生都戲稱他常走的那條路為「羅馬大道」。今天，法國小帽忽然不見了，這還不算，連灰領帶也換了紅領結。空前的大新聞，下禮拜的校刊上一定有一段的。

冒思莊開始講解一首頗長的古典田園詩。「所謂牧神，是一種半人半獸的妖怪，出沒在森林地區，追隨酒神，而且向澤畔的仙子，水汪汪的仙子求愛……」冒思莊是赫赫有名的古典學者，他一走上講臺，底下立刻鴉雀無聲，表示一種尊崇的肅靜。他的班上常是人口最密的地方，可是正式選課的只占少數，因為他的分數太緊，十五年來沒有幾個學生能拿到八十分以上。偶爾從閃光的眼鏡後掃視臺下，冒思莊繼續講下去。八九十人的大教室，只有一隻迷路的黃蜂，震起一串高頻率而低沉的營營。在講臺前面沉吟了好一會，斷定春天不在這裡，終於嗡嗡然，從另一扇窗口飛走。外面，杜鵑開得好熱烈，紅白繽紛，像一團愛情的霧。陽光從高高的欖仁樹上落下來，斑斑點點的琥珀，濺滿窗臺，一直濺到臨窗一個女生的迷你裙上。早晨九點多的空氣，寂寂無風，猶帶有草木的清芬和新鮮的露水氣息。是這樣晴美的日子，完整無憾得令人不習慣，令人蠢蠢欲動，想做點荒謬的事情。畢竟，雨季拖得太長太久了，森冷的潮濕壓在人心上，像老傷口上的一條繃帶。想著想著，冒思莊竟產生一種幻覺，似乎迴盪在空中的聲音不屬於他自己。如果我能夠從那扇窗口飛出去，他想，嗡嗡地飛出去，像一隻自由的黃蜂，飛出去，把不屬於自己的自己留在這裡。飛出去，在下課的鐘聲之前飛回來……

忽然有一陣節拍迅疾的步聲自長廊的彼端傳來，愈來愈響，漸漸聽得出是獸蹄的奔踹，叩地鏗然。冒思莊大駭。正驚疑間，門外闖進來一個人，氣喘咻咻地衝向後排，匆匆找到一個位子坐下，魯莽的動作引發了全班的譁笑，冒思莊不得不暫時放下書本。

「你叫什麼名字？」他冷峻地問。

「穆申，」陌生人笑嘻嘻回答。

「你說什麼？」冒思莊嚇了一跳。

「我叫穆申，」高瘦然而結實的年輕人說，沉而宏的聲音從他的濃髭間揚起，令人感到威脅的男低音。

「什麼？」

「他說他叫——穆——申——」旁邊一個女生笑吟吟地解釋。

「哦，」冒思莊鬆了一口氣。「你好像不是本班的。」

「我也不是本系的。我是——」

「畜牧系？」

全班哄然。

「不，也不是。我來自遠方——」

又是一陣笑聲。有人笑得咳起嗽來。

「你是來旁聽的？」冒思莊說。

目光炯炯的年輕人點點頭。

「下次不要遲到，妨害別人。」

年輕人似笑非笑，聳一聳肩膀。

皺起眉頭向他微慍地瞪了一眼，冒思莊繼續講課。但是他似乎不能專心講課了。胸口好濃的虬毛，他想。這陌生青年剛才的橫衝直闖，震耳的男低音，無畏的神色，無所顧忌的言談，這一切，都令冒思莊感到心亂。好無禮的年輕人，他想。但立刻他又發現，自己對那旁聽者的感覺也不是純然的厭憎。厭憎，是的，但同時還感到羨慕。厭憎，加上羨慕。那不是妒忌了嗎？冒思莊惑然了。冒思莊，古典文學的權威，名教授，名批評家，歐洲文學大師的及門弟子，竟然會去妒忌一個素昧平生的毛頭小子，豈非天下奇聞！這問題，他在內心深處微笑，恐怕去問獅身人面妖也得不到答案。不過是一個毛頭小伙子，他在心裡複述一遍。毛頭小——，那年輕人是毛髮蓊茸的。想著，他又向陌生人的方向投了一瞥。果然鬚髮鬖鬖，眼神灼灼。過了一會，冒思莊又不安地瞥了一眼，發現他耳朵似乎比別人長，且峻然向上削起，前額隆然，一副頭角崢嶸的樣子。出乎本能，冒思莊隱隱感覺他身上一定也是毛茸茸的。可惜下半身給遮住了，看不見腳，否則……

後排傳來柔媚的笑聲，由於半為笑者所抑顯得特別含意深沉，令人分心。冒思莊發現一個女生半側著臉，向那陌生人微笑，一面將長髮掠向耳後。是甯芙——，他努力思索，甯芙雅？一時冒思莊記不起她的第三個字。總之是甯芙什麼的就是了。冒思莊從來不點名，班上同學們的名字，他知道的，不會超過一打。這位甯芙——雅？聽系裡年輕講師說起過，好像是系花——還是級花？總之不是一朵「牆花」。總之，連冒思莊也免不了要多看她一眼。這一眼就夠了。這一眼，使冒思莊斷定她是為愛情而生的。中世紀的傳奇，文藝復興的十四行詩，應該有這樣一位女主角。已經第二學期了，冒思莊只和她說過兩句話，不，應該說她只對冒思莊說過兩句話，而冒教授只含笑對她點了一點頭。因為冒思莊受的是英國紳士的教育，在學生面前照例保持奧林帕斯式的崇高。有時候，他甚至想伸出手去，徐徐撫摸她們軟軟的頭髮，直至她們的形體波動起伏，成為良導體，如一頭過敏的貓。

忽然，抑制不住的那笑聲，又從後排傳來，短促，但異常豐沃。冒思莊抬起頭來。立刻他大吃一驚。甯芙雅半仰起臉，正朝著陌生人笑，笑得十分動情，而穆中，那無禮的毛小子，正用臂毛茂密的手，緩緩地，似有意似無意地在撫弄她的長髮。他們分看同一本書，靠得那麼近，他的下顎幾乎觸及她的額角。冒思莊一直想做的，那毛小子現在竟然在做著。那毛小子，闖進來還不到半個鐘頭！十五年來，誰敢在他的班上這樣放肆？冒思莊非常憤怒，激動之中，他幾乎停止了講課。學生們紛紛仰起面來，迷惑地看著他。難道你們沒有注意到嗎？他想問他們。一個陌生人，一個自稱「來自遠方」的陌生人闖了進來，這麼一伸手，就摘去了你們的級花？可是一瞬間，冒思莊下不了決心，他繼續吟誦那田園詩的末章。學生們也都垂下頭去。但接著，又一件怪事發生了。教室的一角，隱隱傳來獸蹄頓足之聲，愈來愈響，半分鐘後又逐漸消沉下去。明明是甯芙雅和毛小子的那個位置。但蹄聲低沉時，又像在數百碼外。這樣周而復始，重複了三次。

「是誰？」冒思莊厲聲喝問。

學生們大吃一驚，全抬起頭來，茫然仰看著他。

「剛才是誰在頓腳？」說著他把目光射向那陌生的青年。甯芙雅滿臉驚惶，像別的同學一樣。死寂的氣氛中，只有陌生人神色自若，嘴角似乎還掛著一痕淡淡的嘲笑。冒思莊再也忍不住了。他霍地站了起來。

正在這時，下課鐘聲鏗鏗響起。走廊上傳來人聲和步聲，班上的同學以為冒思莊要下課了，也都推椅而起。

●

冒思莊再度走進教室的時候。一眼便看見那陌生人灑脫地坐在窗臺上，一手擁著甯芙雅圓滿的肩頭，成為五六個同學聚談的中心。冒思莊一皺眉頭，在講臺上坐下。學生們紛紛回到座位。冒思莊正要開始，那陌生人忽然站起來。

「我建議，這一課大家到外面去上。」

「為什麼？」冒思莊沉下了臉。

「天氣這麼好，悶在教室裡，多彆扭。」陌生人說。

「好嘛，好嘛，老師！」學生全鬨起來。甯芙雅也在裡面。

「那怎麼可以——」

「好嘛，好嘛！」學生不肯放棄。甯芙雅一臉的委屈。

「不過，你們要守秩——」

班上爆起一陣歡呼。學生們爭先恐後擠向門口，有的跨過前面的座椅，有的，甚至從窗口跳了出去。陌生人牽著甯芙雅的手，跑在最前面。忽然，冒思莊驚呼起來。他看到陌生人的腳了。那是一對羊蹄。而幾乎是在同時，他看到陌生人的額頂，赫然有一對角！他抓住旁邊一個男生的手臂，驚喘地說：

「你看見他的角沒有？」

「什麼腳，老師？」

「那個旁聽生，哪，跟甯芙雅走在一起的。你看他頭上，有什麼古怪沒有？」

那男生看看陌生人，又看看冒思莊。他不解地搖搖頭。另外一位男生跑上來，問他們有什麼事。聽了冒思莊的解釋後，他也打量了那陌生人一下，同樣地搖搖頭。

這時，大家都到了青草地上，紛紛在杜鵑花叢中找地方坐下。整個校園顯得鬧哄哄的。在金晃晃的陽光裡，曬不到三分鐘，女孩子們紛紛脫下毛衣，男生也把夾克褪了。冒思莊坐在草地的中央，也把西裝上衣脫掉，隨手拋在一枝杜鵑上。他繼續講課。可是他再也無法把注意力集中在書上了。坐的是真的芳草，倚的是真的鮮花，活的陽光撫在他新剃的面頰上，像一隻——一隻溫柔的手掌。他注意到，學生們也都無心聽講了，有些躲在花叢裡嘁嘁喳喳在講話，有些乾脆躺下來，閉起眼睛曬太陽。一隻黑底黃斑的花蝴蝶，停在冒思莊膝頭攤開的書頁上，彩翼顫顫地憩了一會，又飛去另一本書上。兩個女生站起來想捉它。坐在遠處的一個男生嚷起來。

「老師，我們聽不見！」他舉手說。

冒思莊頹然把書闔上，歇一口氣。忽然有一曲笛音揚起，自杜鵑花叢的背後。那樣幽美清雅的旋律，一轉三折，迴旋又迴旋，像對怔怔出神的牛群和羊群，讚嘆牧野的開曠，草的芬芳，雲的悠閒，和近處，水流的自得自在。大家都放下了書本。笛音一變，如歌的行板變成諧謔調，像在笑訴女神的驚逸和牧神的亢奮，和牧羊人無法排遣的妒羨之情，最後，以黃昏的炊煙，那樣嫋嫋而細的炊煙，嫋嫋作結。大家從半寐的神遊中醒來，不自禁地拍起掌來。鬈髮鬖鬖的高瘦青年，從花叢後站了起來，手裡揚起一管笛子。接受完大家的掌聲，他大聲說：

「這才叫春天！可惜沒有帶野餐來，否則我們可以在草上野餐。別笑，別笑！看我野餐給大家看。」

說著他隨手採了一束杜鵑花一朵接一朵地嚼了起來。他嚼得津津有味，同時軋軋有聲，片刻工夫，竟然吃得精光。他拍拍手，喉核上下一陣移動，顯然，都嚥下去了。大家驚得怔怔地，接著，又鼓起掌來。

「怎麼樣？」那陌生青年得意地叫。「你們那些什麼明喻、暗喻、反喻、矛盾語法、無韻體、意大利體，能吃嗎？把那些死的春天吐掉吧。要吃，吃活的。像我這樣——」

他彎下腰去，再站直時，他的手裡握了一把青草。連根帶泥，不到一刻工夫，那把青草和糾結在一起的小紫花球全吃光了。

「連根吃，比巧克力還甜，」說罷，他舐唇吮舌，把黏在髭上的一些草屑，都捲了進去。學生們興致勃勃，紛紛學起他的樣來。冒思莊不自覺地也折了一朵粉紅的杜鵑，放進嘴去嘗嘗。立刻，他又把花瓣吐了出來。他覺得胃中翻騰得好難過，好像要嘔的樣子。抬起頭來，冒思莊發現幾乎全班都在咀花嚼草，吃得津津有味。忽然，他感到怒不可遏。他霍然站起身來，向那陌生人走過去。他發現那兩角的怪物正覆在甯芙雅的身上，毛茸茸的手臂圈著她的腰和背。顯然，兩人在爭噬一朵粉紅的杜鵑，多鬚的嘴壓在豐腴的唇上。

「起來，你這畜生！」冒思莊忘其所以地撲過去，一隻手按在甯芙雅的肩上，另一隻猛攫住陌生人的右臂。陌生人放下女孩子，站了起來。兩個男人扭成一團，冒思莊兩手分握住對方的兩隻角，陌生人狠狠地抓住他的紅領結，一時秩序大亂。女生驚呼。男生跑過來拉架。杜鵑花搖來擺去。圍觀的路人愈來愈多。

最後，來了兩名校警。

●

冒思莊躺在單身宿舍的床上。蟲聲幽幽，在細密的紗窗外，反來覆去說夜有多靜。空中寂寂無風。五月初暖的氣候，黑而神祕的夜輕輕覆在他臉上，像天鵝絨的貓掌。那樣溫柔的黑天鵝絨，似乎裡面沒有貓爪。但是他知道，裡面有尖尖的爪子，遲早會從鬆軟的絨裡透出來。聽著蟲聲，他知道屋頂的天線上是密密的星，星光下，有多少草葉在釀製晶冷的露水。他的舌上還有杜鵑花液汁的味道，泥土淡淡的腥氣。耳中，還迴旋著牧笛的餘韻，一時，他分不清那是戶外的蟲聲，還是他的記憶。而感覺最強烈的，是他的手，露在薄毛氈外的兩手，左手，是那陌生人多毛，多汗，肌腱勃怒的臂留下的感覺，右手，是甯芙雅，啊，甯芙雅，她圓滑的肩頭留下的餘溫。被蠱的雙掌。左和右的感覺竟有這樣尖銳的不同！只是在對比之中，似乎有一樣東西是相同的。一樣說不出的什麼，和他在雞尾酒會上，頒獎典禮時握手的感覺，截然相異。他想起，護士為他打針時，手指按在他捲起衣袖的臂上，理髮師為他修面，手指撫過他光滑的下巴，車掌找回零幣，指尖停留在他掌心，只停留那麼幾分之一秒。但那些只是職業性的接觸，他知道她們對所有的人都是如此。今天早晨，在純然忘我的一閃一瞬之間，簡直是同時，他的手，他的手竟和出汗的青銅和暖暖的大理石合成一體。那是怎麼樣活著的一剎那啊。那一瞬，可以償付整個學術界的側目和學生們在他背後的指指點點而有餘。現在，他發現自己並不恨陌生人，恰恰相反，他竟有點感激他，感激他為自己撞穿了一道什麼。同樣，他知道自己對甯芙雅也無所謂愛情不愛情。那才奇怪呢，他苦笑。「這件事，沒有我的份；既非父親，也非情人。」詩人這麼說過。在這件事上，冒思莊一直是無份的，像一截絕緣體。四歲起，他就失去母親。在大學裡，徒有才子之名，一個女朋友也沒有。在歐洲留學的第二年，竊慕英國教授的金髮夫人，沒有念完就轉學了。一身兼獨子、孤兒、單身漢之大成，他常這樣自嘲，從來不知道母親、姐妹、情人、妻子、女兒，是怎麼一回事。

第二天早晨，仍是晴天，冒思莊仍舊繫那個紅領結來上課。那陌生的旁聽者不再出現。沒有人知道他哪裡來的，或是回哪裡去。

焚鶴人

一連三個下午，他守在後院子裡那叢月季花的旁邊，聚精會神做那隻風箏。全家都很興奮。全家，那就是說，包括他、雅雅、真真，和佩佩。一放學回家，三個女孩子等不及卸下書包，立刻奔到後院子裡來，圍住工作中的爸爸。三個孩子對這隻能飛的東西寄託很高的幻想。它已經成為她們的話題，甚至爭論的中心。對於她們，這件事的重要性不下於太陽神八號的訪月之行，而爸爸，滿身紙屑，左手漿糊右手剪刀的那個爸爸，簡直有點太空人的味道了。

可是他的興奮，是記憶，而不是展望。記憶裡，有許多雲，許多風，許多風箏在風中升起。至渺至茫，逝去的風中逝去那些鳥的遊伴，精靈的降落傘，天使的駒。對於他，童年的定義是風箏加上舅舅加上狗和蟋蟀。最難看的天空，是充滿月光和轟炸機的天空。最漂亮的天空，是風箏季的天空。無意間發現遠方的地平線上浮著一隻風箏，那感覺，總是令人驚喜的。只要有一隻小小的風箏，立刻顯得雲樹皆有情，整幅風景立刻富有牧歌的韻味。如果你是孩子，那驚喜必然加倍。如果那風箏是你自己放上天去的，而且愈放愈高，風力愈強，那種勝利的喜悅，當然也就加倍親切而且難忘。他永遠忘不了在四川的那幾年。豐碩而慈祥的四川，山如搖籃水如奶，取之不盡，用之不竭。那時他當然不至於那麼小，只是在記憶中，總有那種感覺。那是二次大戰期間，西半球的天空，東半球的天空，機群比鳥群更多。他在高高的山國上，在寬闊的戰爭之邊緣仍有足夠的空間，做一個孩子愛做的夢。「男孩的意向是風的意向，少年時的思想是長長的思想。」少年愛做的事情，哪一樣，不是夢的延長呢？看地圖，是夢的延長。看厚厚的翻譯小說，喃喃咀嚼那些多音節的奇名怪姓，是夢的延長。放風箏也是的。他永遠記得那山國高高的春天。嘉陵江在千嶂萬嶂裡尋路向南，好聽的水聲日夜流著，吵得好靜好好聽，像在說：「我好忙，揚子江在山那邊等我，猿鳥在三峽，風帆在武昌，運橘柑的船在洞庭，等我，海在遠方。」春天來時總那樣冒失而猛烈，使人大吃一驚。怎麼一下子田裡噴出那許多菜花，黃得好放肆，香得好惱人，滿田的蜂蝶忙得像加班。鄰村的野狗成群結黨跑來追求牠們的阿花，害得又羞又氣的大人揮舞掃帚去打散牠們。細雨霏霏的日子，雨氣幻成白霧，從林木蓊鬱的谷中冉冉蒸起。杜鵑的啼聲裡有涼涼的濕意，一聲比一聲急，連少年的心都給它擰得緊緊的好難受。

而最有趣的，該是有風的晴日了。祠堂後面有一條山路，蜿蜒上坡，走不到一刻鐘，就進入一片開曠的平地，除了一棵錯節盤根的老黃果樹外，附近什麼雜樹也沒有。舅舅提著剛完工的風箏，一再囑咐他起跑的時候要持續而穩定，不能太驟，太快。他的心卜卜地跳，禁不住又回頭去看那風箏。那是一隻體貌清奇，風神瀟灑的白鶴，綠喙赤頂，縞衣大張如氅。翼展怕不有六尺，下面更曳著兩條長足。舅舅高舉白鶴，雙翅在暖洋洋的風中顫顫撲動。終於「一——二——三！」他拚命向前奔跑。不到十碼，麻繩的引力忽然鬆弛，也就在同時，舅舅的喝罵在背後響起。舅舅追上來，檢視落地的鶴有沒有跌傷，一面怪他太不小心。再度起跑時，他放慢了腳步，不時回顧，一面估量著風力，慢慢地放線。舅舅迅疾地追上來，從他手中接過線球，順著風勢把鶴放上天去。線從舅舅兩手勾住的筷子上直滾出去，線球轆轤地響。舅舅又曳線跑了兩次，終於在平崗頂上站住。那白鶴羽衣蹁躚，扶搖直上，長足在風中飄揚。他興奮得大嚷，從舅舅手中搶回線去。風力愈來愈強，大有跟他拔河的意思。好幾次，他以為自己要離地飛起，嚇得趕快還給了舅舅。舅舅把線在黃果樹枝上繞了兩圈，將看守的任務交給老樹。

「飛得那樣高？」四歲半的佩佩問道。

「廢話！」真真瞪了她一眼。「爸爸做的風箏怎麼會飛不高？真是！」

「又不是爸爸的舅舅飛！是爸爸的舅舅做的風箏！你真是笨屁瓜！」十歲的雅雅也糾正。

「你們再吵，爸爸就不做了！」他放下剪刀。

小女孩們安靜下來。兩隻黃蝴蝶繞著月季花叢追逐。隔壁有人在練鋼琴，柔麗的琴音在空中迴盪。阿眉在廚房裡煎什麼東西，滿園子都是蔥油香。忽然佩佩又問：

「後來那隻鶴呢？」

後來那隻風箏呢？對了，後來，有一次，那隻鶴掛在樹頂上，不上不下，一扯，就破了。他掉了幾滴淚。舅舅也很悵然。他記得當時兩人怔怔站在那該死的樹下，久久無言。最後舅舅解嘲說，鶴是仙人的座騎，想是我們的這隻鶴終於變成靈禽，羽化隨仙去了。第二天舅甥倆黯然曳著它的屍骸去禿崗頂上，將它焚化。一陣風來，黑灰滿天飛揚，帶點名士氣質的舅舅，一時感慨，朗聲吟起幾句賦來。當時他還是高小的學生，不知道舅舅吟的是什麼。

後來年紀大些，每次念到「黃鶴一去不復返，白雲千載空悠悠」，他就會想起自己的那隻白鶴。因為那是他少年時唯一的風箏。當時他曾纏住舅舅，要舅舅再給他做一隻。舅舅答應是答應了，但不曉得為什麼，自從那件事後，似乎意興蕭條，始終沒有再為他做。人生代謝，世事多變，一個孩子少了一隻風箏，又算得了什麼呢？不久他去十五里外上中學，寄宿在校中，不常回家，且換了一批朋友，也就把這件事漸漸淡忘了。等到他年紀大得可以欣賞舅舅那種亭亭物外的風標，和舅舅發表在刊物上但始終不曾結集的十幾篇作品時，舅舅卻已死了好幾年了。舅舅死於飛機失事。那年舅舅才三十出頭，從香港乘飛機去美國，正待一飛沖天，遊乎雲表，卻墜機焚傷致死。

「後來那隻鶴——就燒掉了。」他說。

三個小女孩給媽媽叫進屋裡去吃煎餅。他一個人留在園子裡繼續工作。三天來他一直在糊製這隻鶴，禁不住要一一追憶當日他守望舅舅工作時的那種熱切心情。他希望，憑著自己的記憶，能把眼前這隻風箏做得跟舅舅做的那隻一模一樣。也許這願望在他的心底已經潛伏了二十幾年了。他痛切感到，每一個孩子至少應該有一隻風箏，在天上，雲上，鳥上。他朦朦朧朧感到，眼前這隻風箏一定要做好，要飛得高且飛得久，這樣，才對得起三個孩子，和舅舅，和自己。當初舅舅為什麼要做一隻鶴呢？他一面工作，一面這樣問自己。他想，舅舅一定向他解釋過的，只是他年紀太小，也許不懂，也許不記得了。他很難決定：放風箏的人應該是哲學家，還是詩人？這件事，人做一半，風做一半，謀事在人，成事在天。表面上，人和自然是對立的，因為人要拉住風箏，而風要推走風箏，但是在一拉一推之間，人和自然的矛盾竟形成新的和諧。這種境界簡直有點形而上了。但這種經驗也是詩人的經驗，他想。一端是有限，一端是無垠。一端是微小的個人，另一端，是整個宇宙，整個太空的廣闊與自由。你將風箏，不，自己的靈魂放上去，放上去，上去，更上去，去很冷很透明的空間，鳥的青衢雲的千疊蜃樓和海市。最後，你的感覺是和天使在通電話，和風在拔河，和迷迷茫茫的一切在心神交馳。這真是最最快意的逍遙遊了。而這一切一切神祕感和超自然的經驗，和你僅有一線相通，一瞬間，分不清是風雲攫去了你的心，還是你擄獲了長長的風雲。而風雲固仍在天上，你仍然立在地上。你把自己放出去，你把自己收回來。你是詩人。

太陽把金紅的光收了回去。月季花影爬滿他一身。弄琴人已經住手。有鳥雀飛回高挺的亞歷山大椰頂，似在交換航行的什麼經驗。啾啾囀囀。嘁嘁喳喳唧唧。黃昏流行的就是這種多舌的方言。鳥啊鳥啊他在心裡說，明天在藍色方場上準備歡迎我這隻鶴吧。

終於走到了河堤上，他和女孩子們。三個小女孩尤其興奮。早餐桌上，她們已經為這件事爭論起來。真真說，她要第一個起跑。雅雅說真真才七歲，拉不起這麼大的風箏。一路上小佩佩也嚷個不停，要爸爸讓她拿風箏。她堅持說，昨夜她做了一個夢，夢見自己一個人把風箏「放得比氣球還高」。

「你人還沒有風箏高，怎麼拿風箏？不要說放了，」他說。

「我會嘛！我會嘛！」四月底的風吹起佩佩的頭髮，像待飛的翅膀。半上午的太陽在她多雀斑的小鼻子上蒸出好些汗珠子。迎著太陽她直霎眼睛。星期天，河堤很少車輛。從那邊違建戶的小木屋裡，來了兩個孩子，跟在風箏後面，眼中充滿羨慕的神色。男孩約有十二三歲，平頭，拖一雙木屐。女孩只有六七歲的樣子，兩條辮子翹在頭上。他舉著那隻白鶴，走在最前面。綠喙，赤冠，玄裳，縞衣，下面垂著兩條細長的腿，除了張開的雙翼稍短外，這隻白鶴和他小時候的那隻幾乎完全一樣。那就是說，隔了二十多年，如果他沒有記錯的話。

「雅雅，」他說。「你站在這裡，舉高一點。不行，不行，不能這樣拿。對了，就像這樣。再高一點。對了。我數到三，你就放手。」

他一面向前走，一面放線。走了十幾步，他停下來，回頭看著雅雅。雅雅正盡力高舉白鶴。鶴首昂然，車輪大的翅膀在河風中躍躍欲起。佩佩就站在雅雅身邊。一瞬間，他幻覺自己就是舅舅，而站在風中稚髫飄飄的那個熱切的孩子，就是二十多年前的自己。握著線，就像握住那一端的少年時代。在心中他默禱說：「這隻鶴獻給你，舅舅。希望你在那一端能看見。」

然後他大聲說：「一——二——三！」便向前奔跑起來。立刻他聽見雅雅和真真在背後大聲喊他，同時手中的線也鬆下來。他回過頭去。白鶴正七歪八斜地倒栽落地。他跑回去。真真氣急敗壞地迎上來，手裡曳著一隻鶴腿。

「一隻腿掉了！一隻腿掉了！」

「怎麼搞的？」他說。

「佩佩踩在鳥的腳上！」雅雅惶恐地說。「我叫她走開，她不走！」

「姐姐打我！姐姐打我！」佩佩閃著淚光。

「叫你舉高點嘛，你不聽！」他對雅雅說。

「人家手都舉疫了。佩佩一直擠過來。」

「這好了。成了個獨腳鶴。看怎麼飛得起來！」他不悅地說。

「我回家去拿膠紙好了，」真真說。

「那麼遠！路上又有車。你一個人不能——」

「我們有漿糊，」看熱鬧的男孩說。

「不行，漿糊一下子乾不了。雅雅，你的髮夾給爸爸。」

他把斷腿夾在鶴腹上。他舉起風箏。大白鶴在風中神氣地昂首，像迫不及待要乘風而去。三個女孩拍起手來。佩佩淚汪汪地笑起來。違建戶的兩個孩子也張口傻笑。

「這次該你跑，雅雅，」他說。「聽我數到三就跑。慢慢跑，不要太快。」

雅雅興奮得臉都紅了。她牽著線向前走。其他的孩子跟上去。

「好了好了。大家站遠些！雅雅小心啊！一——二——三！」他立刻放開手。雅雅果然跑了起來。沒有十幾步，白鶴已經飄飄飛起。他立刻追上去。忽然竄出一條黃狗，緊貼在雅雅背後追趕，一面興奮地吠著。雅雅嚇得大叫爸爸。正驚亂間，雅雅絆到了什麼，一跤跌了下去。

他厲聲斥罵那黃狗，一面趕上去，扶起雅雅。

「不要怕，不要怕，爸爸在這裡。我看看呢。膝蓋頭擦破一點皮。不要緊，回去搽一點紅藥水就好了。」

幾個小孩合力把黃狗趕走，這時，都圍攏來看狼狽的雅雅。佩佩還在罵那隻「臭狗」。

「你這個爛臭狗！我教我們的大鳥來把你吃掉！」真真說。

「傻丫頭，叫什麼東西！這次還是爸爸來跑吧。」說著他撿起地上的風箏，和滾在一旁的線球。左邊的鶴翅掛在一叢野草上，勾破了一個小洞。幸好出事的那隻腿還好好地別在鶴身上。

「姐姐跌痛了，我來拿風箏，」真真說。

「好吧。舉高點，對了，就這樣。佩佩讓開！大家都走開些！我要跑了！」

他跑了一段路，回頭看時，那白鶴平穩地飛了起來，兩隻黑腳盪在半空。孩子們拍手大叫。他再向前跑了二三十步，一面放出麻索。風力加強。那白鶴很瀟灑地向上飛升，愈來愈高，愈遠，也愈小。孩子們高興得跳起來。

「爸爸，讓我拿拿看！」佩佩叫。

「不行！該我拿！」真真說。

「你們不會拿的，」他把線球舉得高高的。「手一鬆，風箏不曉得要飛到哪裡去了。」

忽然孩子們驚呼起來。那白鶴身子一歪，一條細長而黑的東西悠悠忽忽地掉了下來。

「腿又掉了！腿又掉了！」大家叫。接著那風箏失神落魄地向下墮落。他拉著線向後急跑，竭力想救起它。似乎，那白鶴也在作垂死的掙扎，向四月的風。

「掛在電線上了！糟了！糟了！」大家嚷成一團，一面跟著他向水田的那邊衝去，野外激盪著人聲、狗聲。幾個小孩子擠在狹窄的田埂上，情急地嘶喊著，絕望地指畫著倒懸的風箏。

「用勁一拉就下來了，爸爸！」

「不行不行！你不看它纏在兩股電線中間去了？一拉會拉破的。」

「會掉到水裡去的，」雅雅說。

「你這個死電線！」真真哭了起來。

他站在田埂頭上，茫然握著鬆弛的線，看那狼狽而襤褸的負傷之鶴倒掛在高壓線上，僅有的一隻腳倒折過來，覆在破翅上面。那樣子又悲慘又滑稽。

「死電線！死電線！」佩佩附和著姐姐。

「該死的電線！我把你一起剪斷！」真真說。

「沒有了電線，你怎麼打電話，看電視——」

「我才不要看電視呢！我要放風箏！」

這時，田埂上，河堤上，草坡上，竟圍來了十幾個看熱鬧的路人。也有幾個是從附近的違建戶中聞聲趕來。最早的那個男孩子，這時拿了一根曬衣服的長竹桿跑了來。他接過竹桿，踮起腳尖試了幾次，始終搆不到風箏。忽然，他感到體重失去了平衡，接著身體一傾，左腳猛向水田裡踩去。再拔出來時，褲腳管、襪子、鞋子，全浸了水和泥。三個女孩子驚叫一聲，向他跑來。到了近處，看清他落魄的樣子，真真忽然笑出聲來。雅雅忍不住，也笑起來，一面叫：

「哎呀，你看這個爸爸！看爸爸的褲子！」

接著佩佩也笑得拍起手來。看熱鬧的路人全笑起來，引得草坡上的黃狗汪汪而吠。

「笑什麼！有什麼好笑！」他氣得眼睛都紅了。雅雅、真真、佩佩嚇了一跳，立刻止住了笑。他拾起線球，大喝一聲「下來！」使勁一扯那風箏。只聽見一陣紙響，那白鶴飄飄忽忽地栽向田裡。他拉著落水的風箏，施刑一般跑上坡去。白鶴曳著襤褸的翅膀，身不由己地在草上顛躓撲打，紙屑在風中揚起，落下。到了堤上，他把殘鶴收到腳邊。

「你這該死的野鳥，」他暴戾地罵道。「我操你娘的屁股！看你飛到哪裡去！」他舉起泥漿濃重的腳，沒頭沒腦向地上踩去，一面踩，一面罵，踩完了，再狠命地猛踢一腳，鶴屍向斜裡飛了起來，然後木然倒在路邊。

「回家去！」他命令道。

三個小女孩驚得呆在一旁，滿眼閃著淚水。這時才忽然醒來。雅雅撿起面目全非的空骸。真真捧著糾纏的線球。佩佩牽著一隻斷腿。三個女孩子垂頭喪氣跟在餘怒猶熾的爸爸後面，在旁觀者似笑非笑似惑非惑的注視中，走回家去。

●

午餐桌上沒有一個人說話。只有碗碟和匙箸相觸的聲音。女孩子都很用心地吃飯，連佩佩也顯得很文靜的樣子在喝湯。這情形，和早餐桌上的興奮與期待，形成了尖銳的對照。幸好媽媽不在家吃午飯，這種反常的現象，不需要向誰解釋。三個孩子的表情都很委屈。真真淚痕猶在，和塵土混凝成一條汙印子。雅雅的臉上也沒有洗，頭髮上還黏著幾莖草葉和少許泥土。這才想起，她的膝蓋還沒有搽藥水。佩佩的鼻子上佈滿了雀斑和汗珠。她顯然在想剛才的一幕，顯然有許多問題要問，但不敢提出來，只能轉動她長睫下的靈珠，掃視著牆角。順著她的眼光看去，他看見那具已經支離殘缺的鶴屍，僵倚在牆角的陰影裡。他的心中充滿了歉疚和懊悔。破壞和凌虐帶來的猛烈快感，已經捨他而去。在盛怒的高潮，他覺得理直氣壯，可以屠殺所有的天使。但繼之而來的是遲鈍的空虛。那鶴屍，那一度有生命有靈性的鶴骨，將從此棄在陰暗的一隅，任蜘蛛結網，任蚊蠅休憩，任蟑螂與壁虎與鼠群穿行於肋骨之間？傷害之上，豈容再加侮辱？

他放下筷子，推椅而起。

「跟爸爸來，」他輕輕說。

他舉起鶴屍。他緩緩走進後園。他將鶴屍懸在一株月桂樹上。他點起火柴。鶴身轟地一響燒了起來。然後是左翼。然後是熊熊的右翼。然後是仰睨九天的鶴首。女孩子們的眼睛反映著火光。飛揚的黑灰白煙中，他閉起眼睛。

「原諒我，白鶴。原諒我，舅舅。原諒我，原諒無禮的爸爸。」

「爸爸在唸什麼嘛？」真真輕輕問雅雅。

「我要放風箏，」佩佩說。「我要放風箏。」

「爸爸，再做一隻風箏，好不好？」

他沒有回答。他不知道該怎麼回答才好。他不知道，線的彼端究竟是什麼？他望著沒有風箏的天空。

——五十八年元旦

伐桂的前夕

最後，他在一塊鼓形石上坐了下來。幽森森的月光將滿園子的荒蕪浸在涼涼的回憶裡。一切都過去了。曾經是「家」的一切（就叫它做「家」吧），只留下一堆瓦礫、木條、玻璃屑。曾經是黑壓壓的那幢日式古屋，平房特有的那種謙遜和親切，夏午的風涼和冬日早晨戶內一層比一層深的陰影，檜木高貴的品德，白螞蟻多年的陰謀，以及瀉下鴿灰色的溫柔和憂鬱的鱗鱗屋瓦：這一切，經過拆屋隊一星期的努力，都已經夷成平地了。曾經為他抵抗過十六季的颱風和黃霉雨，那古屋，已經被肢解，被寸磔，被一片一片地鱗批，連屍體都不留下。可用的部分，也像換腎人的新腎一樣，移植到別的軀體上去了。十六年！上面的一代在古屋的幽靈中老去，死去，落髮，落牙，如落花；下面的一代，在其中，一個接一個誕生，生日蛋糕的紅燭，一年比一年輝煌；而他，中間的一代，也在其中戀愛，結婚，做了爸爸，長出鬍子，剃了再長，黑的變灰，灰的變白。生，老，病，死。對於他，這古屋就是一個小型的世界。在他回憶中浮現的，不是單純的一景，而是重重底片的疊影。悲劇喜喜劇悲悲喜劇亦悲亦喜。母親的癌症。一位三輪車夫的溺斃，就在後面的河裡。一位下女被南部的家人追蹤，尋獲。另一位，生下一個胖胖的私生子。交遊滿天下：舊的朋友去，新的朋友來，各式各樣的鞋子將他的玄關泊成一種詩的海港。朝北的書齋裡，曾經輝煌過好些側面好些名字。好些名字，有一陣子，連下女都念得舌頭發燙；另外的一些，光度漸漸弱下來，生冷得像拉丁文，在他學生們的眼中，激不起一絲反光。學生們也一樣。一九六〇那一班，曾經泊平底鞋高跟鞋在玄關的小湖裡的，大半越過遠海，不再回來。於是又換了一九六一級後是一九六二、六三……

疑真疑幻的月光下，那古屋，為這一切作見證的鴿灰色的精靈，只留下了一片朦朧的廢墟。他側耳聆聽，似乎只有蚯蚓在那邊牆角下吟掘土之清歌，此外，萬籟都歇，市聲和蛙鳴兩皆沉沉。十六年的種種，那些晴美的早晨和陰霾窒人的黃昏，不再留下任何見證，任何見證，除了後院子裡這些美麗的樹。除了那邊的三株杜鵑，從歲末開到初夏，向韓國草上揮霍好幾個月的繽繽紛紛。除了更遠處的那叢月季和那樹月桂，輪流維持半個後院的清芬。還有頭頂的這棵楓樹，修直挺拔，戰勝過無數的毛蟲和颱風。他從冰屁股的鼓形石面上站起來，就著清朗的月色，企圖尋找蒼老多裂紋的樹幹上，他曾經刻過的英文字母。那是ＹＬＭ三個字首，十五年前，在一陣激越而白熱的日子裡，用一柄小刀虐待這楓樹的結果。至於它們代表的是什麼，他從來沒有對人說過，包括那位Ｍ。這是我們之間的一項祕密啊，他時常拍拍楓樹，這麼戲謔地說。南宋詩人的「鷗盟」，他羨慕而無能分享，但是詩人與樹之間，也可以訂「楓盟」的，是不是？說著，他又拍了楓樹一下。十幾年來，他一直喜歡這楓樹。秋天的大孩子，竟然流落在沒有秋天的亞熱帶這島上。而他，也是從北方來而且想秋天想得要死的一種靈魂啊。思秋症的患者，理應相憐。因此，對於這棵英俊散朗的楓樹，他一直特別「照顧」。每年十一月，樹上飄落幾張勾勒鏽紅色的三瓣葉子，他總高興得說不出話來，心裡滿是故土的溫柔。

但刻字那件事畢竟很久很久了。冰冰的月色裡，已經辨不出誰是字，誰是裂紋。他撫摩了一會，終於放棄。一生的歷史，是用許多小小的瘋狂串成的，他想。在年輕的世界裡，愛情是最流行的一種瘋狂。ＹＬＭ！幸好那種焚心的焦灼只維持了兩年。當一切瘋狂都痊癒，他的瘋狂仍然是詩。像愛情一樣，那裡面也有狂喜和失意，成功的滿足和妒忌的刺痛，但是那繆思，她永遠那樣年輕而且惑人，今天，比起二十年前開始追逐的時候，更其如此。這樣子的瘋狂，毋寧是一種高度的清醒吧。

這麼想著，他踏過瓦礫堆，向東邊的圍牆走去。月光從桂葉叢中瀉下來，沾了他一身涼濕。現在他完全進入它的芬芳了。冰薄荷的夜空氣中，他貪饞地吸了好一陣子。好遙好遠的回憶啊，那嗅覺！因為那是大陸的泥香，古中國幽渺飄忽的品德，近時，渾然不覺，但愈遠愈令人臨風神往。秋天。多橋多水的江南。水上有月。月裡有古代渺茫的簫聲。舅舅的院子裡。高高的桂樹下，滿地落花，泛起一層浮動的清香，像一張看不見躲不開的什麼魔網。他便和表兄妹們一火柴匣又一火柴匣地拾起來，拿回房去。於是一整個秋季，他都浮在那種高貴的氛圍裡，像一個仙人。

但那是二十多年前的事了。眼前這樹桂花，只有八尺多高，唯它的馥郁已足夠使他回到舅舅的那個院子裡。如果說，楓是秋的血，那桂就是秋的魂魄了。滿園樹木中，他最寶貝這棵小桂樹，因為在他的迷信裡，它形成了一個「情意結」，桂樹、秋天、月亮、詩，四個意象交疊成形，豐富而清朗地象徵著許多東西。譬如說，他叫它做秋之魂，王維卻叫它做桂魄，西方人把它戴在詩人的頭上，而秋天，是他的，也是它的生日。十六年來，他的筆鋒愈揮愈利，他的名字在港灣之間頗有回聲：在他的迷信裡，這一切，都和他園子裡這一片芬芳有關。第一次去新大陸，他曾站在舊大陸的這片芬芳裡，面對青青的小樹，默默祝福自己的家國，也祝福自己，和自己的詩。他的祝福沒有落空。在愛奧華的河邊，他頗得繆思的垂青。第二年回國時，原來才到他眉毛的桂樹竟已高過了他的頭髮。他高興極了，說：「看你，真的長大了呢！我的詩也該長高些才行。」第二次再從新大陸回來，他的鬢髮怎麼帶回寒帶的薄霜，但是這桂樹依舊青青，竟比他高出一個半頭了。可以說，他是看著它長大的，但在另一方面，它也是他的見證啊，見證他的希望和恐懼，光榮和空虛。

十六年的歲月，他是既渡的行人，過去種種，猶如隔岸的風景，倒影在水中。木訥而健忘的灰色老屋，曾經覆他載他在烈日中在寒流中蔽翼他的那老屋，終於死了，只留下滿園子的樹木，那些重碧交翠的靈魂，做他無言的見證。但你們也不能久留了啊，月光下，他對那桂樹說。今晚，是你最後的一夕芬芳，在永恆的月輝中，徐徐呼吸。然後你們就死去，去那老屋剛去的地方。

白血飛濺白屑飛濺啊白血。鋸斷綠色的靈魂流乳白的血，當鋼齒咬進年輪無辜的年輪。明天早晨，伐木工人將全副武裝湧至，一下子就占據這園子，展開屠殺。頃刻間，這些和平的生命將集體死亡，而這花園，這綠色的共和國，將淪為一片水泥的平原，一寸綠色也不留下。於是重噸的巨獸將氣吁吁在門口停下。他們將掘出一立方呎又一立方呎的泥土，種下永不開花一束又一束的鋼筋和鐵骨，陰鬱的地下室，拼花地板，磨石子，嵌磁，嵌磁，最後，一幢不溫柔更不美麗的怪物從地面上升起，到空中，去參加這都市的千百隻現代恐龍。

因為凡有根的都必須連根拔起。他也是一柯桂一張楓葉，從舊大陸的肥沃中連根拔起。這島嶼，是海波鑲邊的一種鄉愁。在新大陸無根的歲月裡，他發現自己是一棵植物，鄉土觀念那麼重那麼深的一棵樹，每一圈年輪都是江南的太陽。因為他最欣賞嘉木那種無言的謙遜，忍耐無爭的美德，和不為誰而綠的藹藹清蔭，戴一朵雲，棲一隻鳥，或是垂首聆一隻蟋蟀的徐徐歌吟。他相信古印度一位先知的經驗：只要你立得夠久，夠靜，升入樹頂的那種生命力，亦將從泥下透過你腳底而上升。這樣出神地想著想著，在浸漬記憶的月光下，他覺得自己已經成為一棵樹，綠其髮而青其肢，大地的乳汁逆他的血管而上，直達於他的心臟。他是一棵青青的桂樹，集秋天和月和詩於一身。但今晚是他最後的一次芬芳，因為現代的吳剛一點也不神話，因為不神話的吳剛執的是高速的鏈鋸，一舉手就招來機械的殺戮，因為鋸斷了的桂樹不會在神話裡再生。而且所謂月，只是一顆死了的頑石，種不活桂，養不活蟾蜍。

於是一片霍霍飛旋的鋒芒，向他熱呼呼的喉核滾來，一瞬間，高速的痛苦自頂至踵，一切神經張緊如滿弓，剖他成兩半。凡有根的都躲不掉斧斤。

「月桂樹啊，這是你最後的一次清芬！」他忽然有跪下去的衝動，跪下去，請求無辜者的饒恕。

一輪滿月，牽動半個夜的冰冰清光，向那邊人家的電視天線上落下。陰影在許多院落裡延長。哪家廚房的洋鐵皮屋頂，兩隻貓在捉對兒叫春。這都市已經陷在各式各樣的夢或惡魔之中，許多靈魂在許多鼾聲裡撲翅飛起，各式的盆花在各層陽臺上想家而且歎氣。牧神的羊蹄聲在遠方的天橋上消逝……

五小時後東方將泛白。紅通通的太陽將升起，自藍淼淼自藍浩浩的太平洋上，於是亞熱帶這城市，千門萬戶，將在朝霞裡醒來。貪婪無饜，這膨脹的城市將吞噬摩肩接踵的行人和川流不絕的車群，像一隻消化不良的巨食蟻獸。於是千貝百貝的囂喊呼喝，真空管、汽笛、喇叭、引擎，不同的噪音自不同的喉中嘔出吐出，符咒一般網住這城市。噴射機是一切的高潮，逆著百萬人扭曲的神經，以一種撕去所有屋頂的聲威迫害天使。同時另一個恢恢巨網，以這城市為直徑，從八方四面冉冉升起，無聲，無形，染毒你呼吸的每一口空氣，且美其名曰紅塵，滾滾十丈。於是在兩張巨網的圍襲下，一百五十萬隻毒蜘蛛展開大規模的集體屠殺，在天上，在地上，在地下。沒有一隻不中毒。

機器一占領這城市，牧歌就敻不可聞了。馬達聲代替了蛙聲蟬聲。到夜裡，還剩下一些陰暗的角落還有些伶仃的紡織娘、蟋蟀、蚯蚓，企圖負隅抵抗那市聲。十六年前，在水源路的那一邊在金門街在同安街迷宮似的小巷子裡還可以作晚餐後的散步在初夏勃然的蛙鳴中從容構思一首有韻的田園詩。但現在，那一帶詩的走廊早已讓給了計程車的紅蟹隊電單車的蝦群去橫行。所以一到黃昏，許多蒼白的臉上許多飢餓的眼睛，從許多交通車流動的牢獄裡向外饕餮，許多建築物空隙裡的一片晚雲。

所以機器一占領這城市，牧神就死了。他們在高高的煙囪下屠宰牧歌，裝成大大小小的罐頭。他們在廣告牌上寫詩，在大大小小的圍牆上張貼哲學。他們用鋼鐵、玻璃和鋁把城市舉到虹的旁邊，然後從觀光酒店從公寓頂上俯瞰延平祠和孔廟，清真寺和基督教堂。

所以機器一占領這城市，綠色的共和國就亡了。植物是一種少數民族，日趨毀滅。蓮是一種羞赧的回憶，像南宋詞選脫線的零頁零葉，散在地上。柳是江南長長的頭髮飄起，在日式院子亞熱帶的風中，許多樹許多古宅必須倒下，因為有更多的公寓，更多的人籠子必須升起。因為機器說，七十年代在那上面等待我們。

所以月亮就掛在電視的天線上。該有天使在高壓線上呼救。再過三小時東方將泛白。手執機器的吳剛將來伐桂，而他，即使是一位詩人，也無力保衛。一隻螳螂怎能抵抗一架開路機？最後的芬芳總是最感人。那樣的嗅覺，從鼻孔一直達到他靈魂。秋天。成熟的江南。古典的庭院。月光。童時。詩。

他作了最後的一次深呼吸。他掃了好幾簇桂瓣在掌心，用手帕小心翼翼地包起來。

「Good-bye, my laurel. Good-bye.」

他轉過身去，向高高挺挺的楓樹看了一眼。

「再見了，我的楓。這裡本來不是你故鄉。」

說著，他踏過玻璃屑和斷木條，踏過遍地的殘殘缺缺，向虛掩的大門走去。都已停歇，狗吠，蛙鳴，人語，車聲。整個城市像一個荒墳。落月的昏濛中，樹影屋影融成一片灰蓬蓬的溫柔。空氣新釀地清新。他鎖上木門，觸到金屬的堅與冷。他走下廈門街的巷子，聽自己的步履空洞的回聲。水源路的河堤上似有人在喊誰的名字。他停下來，仔細聽了好一陣。桂花的幽香從手帕裡散出來。

「沒有。沒有誰在喊我。」

他繼續向前走。

霍霍的鏈鋸聲在背後升起……

——五十八年五月二十日

蒲公英的歲月

「是啊，今年秋天還要再出去一次，」對朋友們他這麼說。

而每次說起，他都有一種虛幻的感覺，好像說的不是自己，是另一個人。同時又覺得有解釋清楚的必要，對自己，甚於對別人。好像一個什麼「時期」就要落幕，一個新的，尚未命名的「時期」正在遠方等他去揭紗。好像有一扇門，狻猊怒目啣環的古典銅門，挾著一片巨影，正向他闔來，轆轆之聲，令人心悸。門外，車塵如霧，無盡無止的是浪子之路，伸向一些陌生的樹和雲，和更陌生的一些路牌。每次說起，就好像宣佈自己的死亡一樣。此間事，在他走後，就好像身後事了。當然，人們還會咀嚼他的名字，像一枚清香的橄欖，只是橄欖樹已經不在這裡。對於另一些人，他的離去將如一枚齲齒之拔除，牙痛雖癒，口裡空空洞洞的，反而好不習慣。真的，每一次出國是一次劇烈的連根拔起，自泥土、氣候，自許多熟悉的面孔和聲音。而遠行的前夕，凡口所言，凡筆所書，都帶有一點遺囑，遺作的意味。於是在國內的這段日子，將漸漸退入背景之中，記憶，冉冉升起一張茫茫的白網。網中，小盆地裡的這座城，令他患得患失時喜時憂的這座城，這座城，鋼鐵為骨水泥為筋，在波濤浸灌魚龍出沒藍鼾藍息的那種夢中，將遙遠如一缽小小的盆景，似真似幻的島市水城。

所以這就是歲月啊千面無常的歲月。掛號信國際郵簡車票機票船票。小時候，有一天，他把兩面鏡子相對而照，為了窺探這面鏡中的那面鏡中的這面鏡中，還有那面這面鏡子的無窮疊影，直至他感到一種無底的失落和恐懼。時間的交感症該是智者的一種心境吧。三去新大陸，記憶覆蓋著記憶之下是更茫然的記憶，像楓樹林中一層覆蓋一層水漬浸蝕的殘紅。一來一往，親密的變成陌生的成為親密，預期變成現實又變成記憶。當噴射機忽然躍離跑道，一剎那告別地面又告別中國，一柄冰冷的手術刀，便向歲月的傷口猝然切入，靈魂，是一球千羽的蒲公英，一吹，便飛向四方。再拔出刀時，已是另一個人了。

儘管此行已經是第三度，儘管西雅圖的海關像跨越後院的門檻，儘管他的朋友，在海那邊的似乎比這邊的還多，儘管如此，他仍然不能排除跳傘前的那種感覺。畢竟，那是全然不同的一個世界。因為一縱之後，他的胃就交給冰牛奶和草莓醬，他的肺就交給新大陸的秋天，髮，交給落磯山的風，茫茫的眼睛，整個付給青翠的風景。因為閉目一縱之後，入耳的莫非多音節的節奏，張口莫非動詞主詞賓詞。美其名為講學為顧問，事實上是一種高雅的文化充軍。異國的日曆上沒有清明、端午、中秋和重九，復活節是誰在復活？感恩節感誰的恩？情人節，他想起天上的七七，國殤日，他想起地上的七七。為什麼下一站永遠是東京是芝加哥是紐約，不是上海或廈門？

二十年前來這島上的，是一個激情昂揚的青年，眉上睫上髮上，猶飄揚大陸帶來的烽火從瀋陽一直燎到衡陽，他的心跳和脈搏，猶應和抗戰遍地的歌聲嘉陵江的濤聲長江滔滔入海浪淘歷史的江聲。二十年後，從這島上出發的，是一個白髮侵鬢的中年人，狼煙在對岸，長江的濤聲在故宮的卷卷軸軸在一吟三歎息的〈念奴嬌〉裡，舊大陸日遠，新大陸日近。他鄉生白髮，舊國見青山。可愛的是舊國的山不改其青，可悲的是異鄉人的髮不能長保其不白。長長的二十年，只有兩度，他眺見了舊國短短的青山，但那是隔著鐵絲網，還持著望遠鏡。第一次在金門。望遠鏡的彼端是澹澹的煙水，漠漠的船帆，再過去是廈門的青山之後仍是渺渺的青山。十二年前廈門大學的學生，鼓浪嶼的浪子，南普陀的香客，誰能夠想到，有一天會隔著這樣一灣的無情藍，以遠眺敵陣的心情遠眺自己的前身？母校，故宅，回憶，皆成為準星搜索的目標，一五五加農炮的射程。卡車在山的盲腸裡穿行，山的盲腸，回憶的盲腸。司令官在地下餐廳以有名的高粱饗客，兩面的石壁上用敵人的炮彈殼飾成雄豪的圖案。高粱落到胃裡，比炮彈更強烈，血從胃底熊熊燒起，一直到耳輪和每一個髮根。那一夜，他失眠了，血和浪一直在耳中呼嘯。

第二次在勒馬洲。崖下，陰陽一割的深圳河如啞如聾地流著。一條忘川，毒川，血川，極盡其可歌可泣的淚川自冥府的深處蜿蜿流來，似不勝絕望與恐怖之重負。但白茫茫的水面什麼也不見，這是無船，無橋可渡的奈河，亡魂們徒哭奈何奈何奈何！有時是一條河，有時是一堵牆，有時是一根看不見的緯線，自由和集權的邊界是再也縫不攏的一道傷口，綻開在人類的臉上。但即使是機關槍加上鐵絲網加上警棍警犬和厲嘯的警車，即使殷紅的深圳河蜿蜒成吸血的毒蟒，仍然擋不住五月逃亡的巨潮。健忘的是風景。大悲劇之後山色猶青著清朝末年的青青，而除了此岸的鷓鴣無辜地咕呼彼岸的鷓鴣，四野沉沉，再也聽不見一聲驚惶的呼救。當天下午，去沙田演講，手執三角旗的大學生在火車站列隊歡迎。擁擠的大課室裡，許多耳朵在咀嚼他的國語，許多眼睛有許多反光反映著他的眼睛。二十年前，他也是那樣的一雙眼睛。二十年前，他就住在銅鑼灣，大陸逃來的一個失學青年，失學、失業，但更加嚴重的是失去信仰、希望，面對一整幅陰黯的中國，和幾幾乎中斷的歷史。但歷史是不會中斷的，因為有詩的時代就證明至少有幾個靈魂還醒在那裡，有一顆心還不肯放棄跳動。因為鼾聲還沒有覆蓋一切。即使在鐵幕深深的門口，也還有這許多青年寧願陪著他失眠。

寧可失眠，睜眼承受清清楚楚的痛楚，也不服安眠藥欺騙自己。但清醒是有代價的。清醒的代價是孤獨和自懲。當時他年紀輕輕，和一些清新的靈魂相約：絕對不受鼾聲的同化，或是遁入安眠藥瓶裡！那時大家寫詩，很有點賽跑的意味，雖然跑道的盡頭只是荒原。一旦真正進入荒原，不但觀眾散光，連選手們也紛紛退出了這場馬拉松。三年前，他剛從美國回國，臂上猶烙著西部的太陽，髭間，黏著猶他的沙塵。正是初秋的夜裡，兩年後他再度坐在北向的窗下，對著六百字的稿紙出神。市聲漠漠，在遠方流動像一條混濁的時間之流。漸漸，那濁流也愈流愈遠，將一切交還給無言的星空。忽然一陣冷風捲地而起，在外面的院子裡盤旋又盤旋，接著便是猶佳利樹的葉子掃落的聲音。家人的鼾息從裡面房間日式紙門的隙間傳來。整個城市，醒著的只有他和冷落的星座。他是誰？他究竟是誰？在戶籍之外他有無其他的存在？為何他坐在此地？為何要他背負著兩個大陸的記憶，左耳，是長江的一片帆，右耳，大西洋岸一枚多迴紋的貝殼？十年後，二十年五十年後他又是誰，他的驚呼他的怒叱和厲斥在空廓死寂的廣場上哪裡有回聲？而年輕的真真年輕過的是否將永遠年輕？而只要是美的即使只美過那麼一次是否就算是永恆？然則他的朋友一起慷慨出發的那些朋友半途棄權，跳車，扭踝仆倒的選手到哪裡去了？繆思，可是無休無止的追求，而絕不接受求婚？蒲公英的歲月，一吹，便散落在四方，散落在湄公河和密西西比的水滸。即使擊鼓吹簫，三嘯大招，也招不回那許多亡魂。

蒲公英的歲月，流浪的一代飛揚在風中，風自西來，愈吹離舊大陸愈遠。他是最輕最薄的一片，一直吹落到落磯山的另一面，落進一英里高的丹佛城。丹佛城，新西域的大門，寂寞的起點，萬嶂砌就的青綠山獄，一位五陵少年將囚在其中，三百六十五個黃昏，在一座紅磚樓上，西顧落日而長吟：「一片孤城萬仞山」。但那邊多鴿糞的鐘塔，或是圓形的足球場上，不會有羌笛在訴苦，況且更沒有楊柳可訴？於是橡葉楓葉如雨在他的屋頂頭頂降下赤褐鮮黃和鏽紅，然後白雪在四周飄落溫柔的寒冷，行路難難得多美麗。於是在不勝其寒的高處他立著，一匹狼，一頭鷹，一截望鄉的化石。縱長城是萬里的哭牆洞庭是千頃的淚壺，他只能那樣立在新大陸的玉門關上，向《紐約時報》的油墨去狂嗅中國古遠的芳芬。可是在蟹行蝦形的英文之間，他怎能教那些碧瞳仁碧瞳人去嗅同樣的菊香與蘭香？

碧瞳人不能。黑瞳人也不可能。每次走下臺大文學院的長廊，他像是一片寂寞的孤雲，在青空與江湖之間搖擺。在兩個世界之間搖擺。他那一代的中國人，吞吐的是大陸性龐龐沛沛的氣候，足印過處，是霜是雪，上面是昊昊的青天燦燦的白日，下面是整張的海棠紅葉。他們的耳朵熟習長江的節奏黃河的旋律，他的手掌知道楊柳的柔軟梧桐的堅硬。江南，塞外，曾是胯下的馬髮間的風沙曾是梁上的燕子齒隙的石榴染紅嗜食的嘴唇，不僅是地理課本聯考的問題習題。他那一代的中國人，有許多回憶在太平洋的對岸有更深長的回憶在海峽的那邊，那重重重疊疊的回憶成為他們思想的背景靈魂日漸加深的負荷，但是那重量不是這一代所能感覺。舊大陸。新大陸。舊大陸。他的生命是一個鐘擺，在過去和未來之間飄擺。而他，感覺像一個陰陽人，一面在陽光中，一面在陰影裡，他無法將兩面轉向同一隻眼睛。他是眼分陰陽的一隻怪獸，左眼，倒映著一座塔，右眼，倒映著摩天大廈。

臨行前夕，他接受邀請，去大度山上向一群碧瞳的青年講解中國的古典詩。這也是另一次出國講學的前奏吧。五年前的夏天，也是在這樣出國的前夕，他曾在大度山上，為了同樣的演說，住了兩個月。一離開臺北，他立刻神清氣爽，靈魂澄明透澈，每一口呼吸都像在享受，不，饕餮新釀成的空氣，肺葉張合如翅。那天夜裡，他緩緩步上山頂，坐在古典建築的高高的石級上，任螢火與蛙鳴與星光圍成涼涼的仲夏之夜。五年前，他戴著同樣的星光坐在這裡，面臨同樣的遠行且享受同樣透明的寂靜。跳水之前，作一次閉目的凝神是好的。因為飛躍之後，玻璃的新世界將破成千面的寂寞，再出水已是另一個自己。那樣坐著，憶著，展望著，安寧地呼吸著微涼且清香的思想，他似乎蛻出了這一層「自己」，飛臨於「時間」之上如點水的蜻蜓，水流而蜻蜓並未移動。他恍然了。他感覺，能禪那麼一下，讓自我假寐那麼一瞬，是何其美好。

從臺中回來，火車穿過成串的隧道，越過河床乾闊的大甲溪，迤邐駛行在西岸的平原。稻田的鮮綠強調白鷺的純白，當長喙俯啄水底的雲。阡阡陌陌從平疇的彼端從青山的麓底輻射過來，像滾動的輪輻迅速旋轉。他的心中有一首牧歌的韻律升起。這樣的風景是世界上最清涼的眼藥水。在靠窗的座位上，他可以出神地騁目好幾個小時。畢竟，只剩下這麼一萬三千多平方英里可以說是「我的」，是「我們的」；這座島嶼是冥冥中神的恩寵，在人的意志之上似乎有一個更高的意志，屬意在這艘海上的方舟，延續一個燦爛悠遠的文化，使他們的民族還不致淪為真正的蒲公英，淪為無根可託的吉普賽和猶太。他不喜歡臺北，不，二十年之後他仍舊一點兒也不喜歡，可是他喜歡這座島，他慶幸，他感激，為了二十年的身之所衣，頂之所蔽，足之所履。車窗外，風到哪裡七月的牧歌就揚起在哪裡。豪爽慷慨的大地啊，玉米株上稻莖上甘蔗桿上纍纍懸結的無非是豐年。也許，真的，將來在重歸舊大陸的前夕，他會跪下來吻別這塊沃土。

甚至都不必等到那一天。在三去新大陸的前夕，已經有一種依依的感覺，這裡很少楊柳，不是蘇堤白堤的那種依依，雖遠亦相隨。他又特別不喜歡棕櫚，無論如何也不能勉強把它們撐成一把詩。不過這城裡的夏天也不是截然不能言美的，就看你怎樣去獵取。植物園那兩汪蓮池，仲夏之夕，浮動半畝古典的清芬，等到市場沉澱，星眸半閉若眠，三隻，兩隻，黛綠的低音簫手，猶在花底葉底鼓腹而鳴，那種古東方的恬淡感就不知有多深遠。不然就在日落後坐在朝西的窗下，看鮮麗絢爛的晚霞怎樣把天空讓給各樣的青和孔雀藍到普魯士藍的藍。於是星從日式屋脊從公寓的陽臺電視天線從那邊的木瓜樹葉間相繼點亮。一盞紅燈在遠處的電臺鐵塔上閃動。一架飛機悶悶的聲音消逝後，巷底那冰果店再度傳來平劇的鑼鼓，和一位古英雄悲壯的詠歎。狗吠。蟲吟。最後萬籟皆沉，只餘下鄰居的水龍頭作細細的龍吟，蚯蚓在星光下鑿土的歌聲。

因為這就是他的國家，兒時就熟悉的夏日的夜晚。不記得他一生揮過多少柄蒲扇，撲過多少隻流螢，拍死多少隻蚊子？不記得長長的一夏鯨飲過多少杯涼茶、酸梅湯、綠豆湯、冰杏仁？只曉得這些絕不是冷氣和可口可樂所能代替。行前的半個月，他的生活寧靜而安詳。因為蒲公英的歲月一開始，這樣的日子，不，這樣的節奏就不再可能。在高速的劇動和多音節的呼吸之前他必須儲蓄足夠的清醒與自知。他知道，一架猛烈呼嘯的噴射機在跑道那邊叫他，許多城，許多長長的街伸臂在迎他，但他的靈魂反而異常寧靜。因為新大陸和舊大陸，海洋和島嶼已經不再爭辯，在他的心中。他是中國的。這一點比一切都重要。他吸的既是中國的芬芳，在異國的山城裡，亦必吐露那樣的芬芳，不是科羅拉多的積雪所能封鎖。每一次出國是一次劇烈的連根拔起。但是他的根永遠在這裡，因為泥土在這裡，落葉在這裡，芬芳，亦永永永永播揚自這裡。

他以中國的名字為榮。有一天，中國亦將以他的名字。

——五十八年七月十六日

丹佛城

——新西域的陽關

城，是一片孤城。山，是萬仞石山。城在新的西域。西域在新的大陸。新大陸在一九六九的初秋。你問：誰是張騫？所有的白楊都在風中搖頭，蕭蕭。但即使新大陸也不太新了。四百年前，還是紅蕃各族出沒之地，俠隱和阿拉帕火的武士縱馬揚戈，呼嘯而過。然後來了西班牙人。然後來了聯邦的騎兵。忽然發一聲喊：「黃金，黃金，黃金！」便召來洶湧的淘金潮，喊熱了荒冷的西部。於是憑空矗起了奧馬哈，丹佛，雷諾。最後來的是我，來教淘金人的後人如何淘如何採公元前東方的文學——另一種金礦，更貴，更深。這件事，不想就不想，一想，就教人好生蹊蹺。

一想起西域，就覺得好遠，好空。新西域也是這樣。科羅拉多的面積七倍於臺灣，人口不到臺灣的七分之一。所以西出陽關，不，我是說西出丹佛，立刻車少人稀。事實上，新西域四巷競走的現代驛道，只是千里漫漫的水泥荒原，只能行車，不可行人。往往，駛了好幾十里，敻不見人，鹿、兔、臭鼬之類倒不時掠過車前。西出陽關，何止不見故人，連紅人也見不到了。

只見山。在左。在右。在前。在後。在腳下。在額頂。只有山永遠在那裡，紅人搬不走，淘金人也淘它不空。在丹佛城內，沿任何平行的街道向西，遠景盡處永遠是山。西出丹佛，方覺地勢漸險，已驚怪石當道，才一分神，早陷入眾峰的重圍了。於是蔽天塞地的落磯大山連嶂競起，交蒼接黛，一似岩石在玩疊羅漢的遊戲。而要判斷最後是哪一尊羅漢最高，簡直是不可能的。因為三盤九彎之後，你以為這下子總該登峰造極了吧，等到再轉一個坡頂，才發現後面，不，上面還有一峰，在一切藉口之外傲然拔起，聳一座新的挑戰。這樣，山外生山，石上擎石，逼得天空也讓無可讓了。因為這是科羅拉多，新西域的大石帝國，在這裡，石是一切。落磯山是史前巨恐龍的化石，蟠蟠蜿蜿，矯乎千里，龍頭在科羅拉多，猶有迴首攫天吐氣成雲之勢，龍尾一擺，伸出加拿大之外，昂成阿拉斯加。對於大石帝國而言，美利堅合眾國只是兩面山坡拼成，因為所謂大陸分水嶺（Continental Divide），鼻梁一樣，不偏不頗切過科羅拉多的州境。我說這是大石帝國，因為石中最崇高的一些貴族都簇擁在這裡，成為永不退朝的宮廷。拔海一萬四千英尺以上的雪峰，科羅拉多境內，就擁有五十四座，鬱鬱壘壘，億萬兆噸的花崗岩片麻岩在重重疊疊的青蒼黯黲之上，擎起眩人眼眸的皚皚，似乎有一個冷冷的聲音在上面說：最白的即是最高。也就難怪丹佛的落日落得特別地早，四點半鐘出門，天就黑下來了。西望落磯諸峰，橫障著多少重多少重的翠屏風啊！西行的車輛，上下盤旋為勞，一過下午三點，就落進一層深似一層的山影中了。

樹，是一種愛攀山的生命，可是山太高時，樹也會爬不上去的。秋天的白楊，千樹成林，在熟得不能再熟的豔陽下，迎著已寒的山風翻動千層的黃金，映人眉眼，使燦爛的秋色維持一種動態美。世彭戲呼之為「搖錢樹」，化俗為雅，且饒諧趣。譬如白楊，爬到八千多呎，就集體停在那裡，再也爬不上去了。再高，就只有針葉直幹的松杉之類能夠攀登。可是一旦高逾萬二三千呎，越過了所謂「森林線」（timber line），即高貴挺拔的柏樹也不勝苦寒，有時整座森林竟會禿斃在嶺上，蒼白的樹幹平行戟立得觸目驚心，車過時，像檢閱一長列死猶不仆的殭屍。

入山一深，感覺就顯得有點異樣。空氣稀薄，呼吸為難，好像整座落磯山脈就壓在你胸口。同時耳鳴口乾，頭暈目澀，暫時產生一種所謂「高眩」（vertigo）的症狀。耶誕之次日，葉珊從西岸飛來山城，飲酒論詩，談天說地，相與周旋了七夕才飛去。一下噴射機，他就百症俱發，不勝暈山之苦。他在柏克麗住了三年，那裡的海拔只有七十五呎，一聽我說丹佛的高度是五二八〇，他立刻心亂意迷，以後數日，一直眼花落井，有若夢遊。乃知枕霞餐露，騎鶴聽松等等傳說，也許可以期之費長房王子喬之屬，像我們這種既抛不掉身分證又缺不了特效藥的凡人，實在是難可與等期啊。費長房王子喬渺不可追，倒也罷了。來到大石帝國之後，竟常常想念兩位亦仙亦凡的人物：一位是李白，另一位是米芾。不提蘇軾，當然有欠公平，可是高處不勝寒的人，顯然是不宜上落磯山的。至於韓愈那樣「小雞」氣，上華山而不敢下，竟觳觫坐地大哭，「恐高症」顯然進入三期，不來科羅拉多也罷。李白每次登高，都興奮得很可笑也很可愛。在峨眉山頂，「余亦能高詠」的狂士，居然「不敢高聲語，恐驚天上人」，真是憨得要命吧。只是跟這樣的人一起駕車，安全實在可憂。我來丹佛，駕車違警的傳票已經拿過四張。換了李白，斗酒應得傳票百張。至於米芾那石癲，見奇石必衣冠而拜，也是心理分析的特佳對象。我想他可能患有一種「岩石意結」（rock complex），就像屈原可能患有「花狂」（floramania）一樣。石奇必拜，究竟是什麼用意呢？拜它的清奇高古呢，還是拜它的頭角崢嶸，拜它的堅貞不移呢，還是拜它的神骨仙姿？總之這樣的石痴石癖，與登落磯大山，一定大有可觀，說不定真會伏地不起，蟬蛻而成拜石教主呢。

說來說去，登高之際，生理的不適還在其次，心理的不安恐怕更難排除。人之為物，卑瑣自囿得實在可憫。上了山後，於天為近，於人為遠，一面興奮莫名，飄飄自賞，一面又惶恐難喻，悚然以驚，悵然以疑。這是因為登高凌絕，靈魂便無所逃於赤裸的自然之前，而人接受偉大和美的容量是有限的，一次竟超過這限度，他就有不勝重負之感。將一握畏怯的自我，毫無保留地擲入大化，是可懼的。一滴水落入海中，是加入，還是被併吞？是加入的喜悅，還是被吞的恐懼？這種不勝之感，恐怕是所謂「恐閉症」的倒置吧。也許這種感覺，竟是放大了的「恐閉症」也說不定，因為入山既深，便成山囚，四望莫非怪石危壁，可堪一驚。因為人實在已經被文明嬌養慣了，一旦拔出紅塵十丈，市聲四面，那種奇異的靜便使他不安。所以現代人的狼狽是雙重的：在工業社會裡，他感到孤絕無援，但是一旦投入自然，他照樣難以欣然神會。

而無論入山見山或者入山渾不見山，山總在那裡是一件事實。也許踏破名山反而不如悠然見南山。時常，在丹佛市的鬧街駛行，一脈青山，在車窗的一角悠然浮現，最能動人清興。我在寺鐘女子學院的辦公室在崔德堂四樓。斜落而下的鱗鱗紅瓦上，不時走動三五隻灰鴿子，嘀嘀咕咕一下午的慵倦和溫柔。偶爾，越過高高的橡樹頂，越過風中的聯邦星條旗和那邊惠德麗教堂的聯鳴鐘樓，落磯諸峰起伏的山勢，似真似幻地湧進窗來。在那樣的距離下，雄渾的山勢只呈現一勾幽渺的輪廓，若隱若現若一弦琴音。最最壯麗是雪後，晚秋的太陽分外燦明，反映在五十哩外的雪峰上，皎白之上晃盪著金紅的霞光，那種精巧靈緻的形象，使一切神話顯得可能。

每到週末，我的車首總指向西北，因為世彭在丹佛西北二十五哩的科羅拉多大學教書，他家就在落磯山黛青的影下。那個山城就叫波德（Boulder），也就是龐然大石之義。一下了超級大道，才進市區，嵯峨峻峭的山勢，就逼在街道的盡頭，舉起那樣沉重的蒼青黛綠，俯臨在市鎮的上空，壓得你抬不起眼睫。愈行愈近，山勢愈益聳起，相對地，天空也愈益縮小，終於巨岩爭立，絕壁削面而上，你完完全全暴露在眈眈的巉巘之中。每次進波德市，我都要猛吸一口氣，而且坐得直些。

到了山腳下的楊宅，就像到了家裡一樣，不是和世彭飲酒論戲（他是科大的戲劇教授），便是和他好客的夫人惟全攤開楚河漢界，下一盤象棋。晚餐後，至少還有兩頓宵夜，最後總是以鬼故事結束。子夜後，市鎮和山都沉沉睡去，三人才在幢幢魅影之中，怵然上樓就寢。他們在樓上的小書房裡，特為我置了一張床，我戲呼之為「陳蕃之榻」。戲劇教授的書房，不免掛滿各式面具。京戲的一些，雖然怒目橫眉，倒不怎麼嚇人，唯有一張歌舞伎的臉譜，石灰白的粉面上，一對似笑非笑的細眼，紅唇之間嚼著一抹非齒非舌的墨黑的什麼，嫵媚之中隱隱含著猙獰。只要一進門，她的眼睛就停在我的臉上，瞇得我背脊發麻。所以第一件事就是把她取下來，關到抽屜裡去。然後在落磯山隱隱的鼾息裡，告訴自己這已經夠安全了，才勉強裹緊了毛氈入睡。第二天清晨，拉開窗帷，一大半是山，一小半是天空。而把天擠到一邊去的，是屹屹於眾山之上和白霧之上的奧都本峰，那樣逼人眉睫，好像一伸臂，就染得你滿手的草碧苔青。從波德出發，我們常常深入落磯山區。九月間，到半山去看白楊林子，在風裡炫耀黃金，回來的途中，繫一枝白楊在汽車的天線上，算是俘擄了幾片秋色。中秋節的午夜，我們一直開到山頂，在盈耳的松濤中，俯瞰三千呎下波德的夜市。也許是心理作用，那夜的月色特別清亮，好像一抖大衣，便能抖落一地的水銀。山的背後是平原是沙漠是海，海的那邊是島，島的那邊是大陸，舊大陸上是長城是漢時關秦時月。但除了寂寂的清輝之外，頭頂的月什麼也沒說。抵抗不住高處的冷風，我們終於躲回車中，盤盤旋旋，開下山來。

月下的山峰，景色的奇幻，只有雪中的山峰可以媲美。先是世彭說了一個多月，下雪天一定要去他家，圍著火鍋飲酒聽戲，然後踏雪上山，看結滿堅冰的湖和山澗。他早就準備了酒、花生，和一大鍋下酒菜，偏偏天不下雪。然後十月初旬的一個早晨，在異樣的寂靜中醒來，覺得室內有一種奇幻的光。然後發現那只是一種反射，一層流動的白光浮漾在天花板上。四周闃闃寞寞，下面的街上更無一點車聲。心知有異，立刻披衣起床。一拉窗帷，那樣一大幅皎白迎面給我一摑，打得我猛抽一口氣。好像是誰在一揮杖之間，將這座鋼鐵為筋水泥為骨的丹佛城吹成了童話的魔境，白天白地，冷冷的溫柔覆蓋著一切。所有的樹都枝柯倒懸如垂柳，不勝白天鵝絨的重負。而除了幾縷灰煙從人家煙囪的白煙斗裡嫋嫋升起之外，茫然的白毫無遺憾的白將一切的一切網在一片惘然的忘記之中，目光盡處，落磯山峰已把它重噸的沉雄和蒼古羽化為幾兩重的一盤奶油蛋糕，好像一隻花貓一舐就可以舐淨那樣。白。白。白。白外仍然是白外仍然是不分郡界不分州界的無疵的白，那樣六角的結晶體那樣小心翼翼的精靈圖案一吋一吋地接過去接成千哩的虛無什麼也不是的美麗，而新的雪花如億萬張降落傘似地繼續在降落，降落在落磯山的蛋糕上那邊教堂的鐘樓上降落在人家電視的天線上最後降落在我沒戴帽子的髮上當我衝上街去張開雙臂幾乎想大嚷一聲結果只喃喃地說：冬啊冬啊你真的來了我要抱一大捧回去裝在航空信封裡寄給她一種溫柔的思念美麗的求救信號說我已經成為山之囚後又成為雪之囚白色正將我圍困。雪花繼續降落，躡手躡腳，無聲地依附在我的大衣上。雪花繼續降落，像一群伶俐的精靈在跟我捉迷藏，當我發動汽車，用雨刷子來回驅逐擋風玻璃上的積雪。

最過癮是在第二天，當積雪的皚皚重負壓彎了楓榆和黑橡的枝椏，且造成許多斷柯。每條街上都多少縱橫著一些折枝，汽車迂迴繞行其間，另有一種雅趣。行過兩線分駛的林蔭大道，下面濺起炙炙響的雪水，上面不時有零落的雪塊自高高的枝椏上滑下，砰然落在車頂，或墮在擋風玻璃上，揚起一陣飛旋的白霰。這種美麗的奇襲最能激人豪興，於是在加速的駛行中我吆喝起來，亢奮如一個馬背的牧人。也曾在五湖平原的密西根凍過兩個冰封的冬季，那裡的雪更深，冰更厚，卻沒有這種奇襲的現象，因為中西部下雪，總在感恩節的附近，到那時秋色已老，葉落殆盡，但餘殘枝，因此雪的負荷不大。丹佛城高一哩，所謂高處不勝寒，一到九月底十月初，就開始下起雪來，有的樹黃葉未落，有的樹綠葉猶繁，乃有折枝滿林斷柯橫道的異景。等到第三天，積雪成冰，枝枝椏椏就變成一叢叢水晶的珊瑚，風起處，琅琅相擊有聲。冰柱從人家的屋簷上倒垂下來，揚杖一揮，乒乒乓乓便落滿一地的碎水晶。我的白車車首也懸滿冰柱，看去像一隻亂髭髭鬇鬡的大號白貓，狼狽而可笑。

高處不勝寒，孤峙在新西域屋頂上的丹佛城，入秋以來，已然受到九次風雪的襲擊。雪大的時候，丹佛城瑟縮在零下的氣溫裡，如臨大敵，有人換上雪胎，有人在車胎上加上鐵鏈，轔轔轆轆，有一種重坦克壓境的聲威。州公路局的掃雪車全部出動，對空降的冬之白旅展開防衛戰，在除雪之外，還要向路面的頑雪堅冰噴沙撒鹽，維持數十萬輛汽車的交通。我既不換雪胎，更不能忍受鐵鏈鏗鏗對耳神經的迫害，因此幾度陷在雪泥深處，不得不借路人之力，或者招來龐然如巨型螳螂的拖車，克服美麗而危險的「白禍」。當然，這種不設防的汽車，只能繞著丹佛打轉。上了萬呎的雪山，沒有雪胎鐵鏈，守關人就要阻止你前進。真正大風雪來襲的時候，地面積雪數呎，空中雪揚成霧，百哩茫茫，公路局就要在險隘的關口封山，於是一切車輛，從橫行的黃貂魚到猛烈的美洲豹到排天動地而來體魄修偉像一節火車車廂的重噸大卡車，都只能偃然冬蟄了。

就在第九次風雪圍攻丹佛的開始，葉珊從西海岸越過萬仞石峰飛來這孤城。可以說，他是騎在雪背上來的，因為從丹佛國際機場接他出來不到兩分鐘，那樣輕巧的白雨就那樣優優雅雅舒舒緩緩地下下來了。葉珊大為動容，說自從別了愛奧華，已經有三年不見雪了。我說愛奧華的那些往事提它做什麼，現在來了山國雪鄉，讓我們好好聊一聊吧。當晚鍾玲從威斯康辛飛來，我們又去接她，在我的樓上談到半夜，才冒著大雪送她回旅店。那時正是耶誕期間，「現代語文協會」在丹佛開年會，英文、法文、德文、意大利文、西班牙文，甚至中文日文的各種語文學者，來開會的多到八千人，一時咬牙切齒，喃喃喊喊，好像到了拜波之塔一樣。第二天，葉珊正待去開會，我說，「八千學者，不缺你一個，你不去，就像南極少了一頭企鵝，誰曉得！」葉珊為他的疏懶找到一個遁辭，心安理得，果然不甚出動，每天只是和我孵在一起，到了晚上，便燃起鍾玲送我的茉莉蠟燭，一更，二更，三更，直聊到舌花謝盡眼花燦爛才各自爬回床去。臨走前夕，為了及時送他去乘次晨七時的飛機，我特地買了一架華美無比的西德鬧鐘，放在他枕邊。不料到時它完全不鬧，只好延到第二天走。憑空多出來的一天，雪霽雲開，碧空金陽的晴冷氣候，爽朗得像一個北歐佳人。我載葉珊南下珂泉，去瞻仰有名的「眾神樂園」。車過梁實秋聞一多的母校，葉珊動議何不去翻查兩位前賢的「底細」，我笑笑說：「你算了吧。」第二天清晨，鬧鐘響了，我的客人也走了。地上一排空酒瓶子，是他七夕的成績。而雪，仍然在下著。

等到劉國松挾四十幅日月雲煙也越過大哉落磯飛落丹佛時，第九場雪已近尾聲了。身為畫家，國松既不吸菸，也不飲酒，甚至不勝啤酒，比我更清教。我常笑他不雲不雨，不成氣候。可是說到饕餮，他又勝我許多。於是風自西北來，吹來世彭灶上的飯香，下一刻，我們的白車便在丹佛波德間的公路上疾駛了。到波德正是半下午的光景，雲翳寒日，已然西傾。先是前幾天世彭和我踹著新雪上山，在皓皓照人的絕壁下，說這樣的雪景，國松應該來膜拜一次才對。現在畫家來了，我們就推他入畫。車在勢蟠龍蛇黛黑糾纏著皎白的山道上盤旋上升，兩側的冰壁上淡淡反映冷冷的落暉。寂天寞地之中，千山萬山都陷入一種清癯而古遠的冷夢，像在追憶冰河期的一些事情。也許白髮的朗士峰和勞倫斯峰都在回憶，六千萬年以前，究竟是怎樣孔武的一雙手，怎樣肌腱勃怒地一引一推，就把它們擰得這樣皺成一堆，鳥在其中，兔和松鼠和紅狐和山羊在其中，松柏和針樅和白楊在其中，科羅拉多河阿肯索河誕生在其中。道旁的亂石中，山澗都已結冰，偶然，從一個冰窟窿底，可以隱隱窺見，還沒有完全凍死的澗水在下面琤琤琮琮地奔流，向暖洋洋的海。一個戴遮耳皮帽的紅衣人正危立在懸崖上，向亂石堆中的幾隻啤酒瓶練靶，槍聲瑟瑟，似乎炸不響凝凍的寒氣，只擦出一條尖細的顫音。

轉過一個石崗子，眼前豁然一亮，萬頃皚皚將風景推拓到極遠極長，那樣空闊的白顫顫地刷你的眼睛。在猛吸的冷氣中，一瞬間，你幻覺自己的睫毛都凍成了冰柱。下面，三百呎下平砌著一面冰湖，從此岸到彼岸，一撫十哩的湖面是虛無的冰，冰，冰上是空幻的雪，此外一無所有，沒有天鵝，也沒有舞者。只有冷然的音樂，因為風在說，這裡是千山啊萬山的心臟，一片冰心，浸在白玉的壺裡。如此而已，更無其他。忽然，國松和世彭發一聲喊，揮臂狂呼像叫陣的印地安人，齊向湖面奔去。雪，還在下著。我立在湖岸，把兩臂張到不可能的長度，就在那樣空無的冰空下，一剎間，不知道究竟要擁抱天，擁抱湖，擁抱落日，還是要擁抱一些更遠更空的什麼，像中國。

——五十九年一月於丹佛

噪音二題

如何預防癲癇症

〈播種者胡適〉無疑是一篇內行的文章，只是其中有一句話——「車聲震耳的紐約」——似乎是說外行了。紐約市的人口接近八百萬，但是市內，甚至曼哈坦區的第五街上，車聲並不震耳。那是因為：交通量雖大，按喇叭的頻率卻很小。有時旋上車窗，儘管滿目是車轂相錯，人肩相摩，但耳際則靜寂無聲，如觀啞劇。

車聲震耳，移贈我們的臺北市，可說名實相符，當之無愧。在我們這囂囂之城，震耳的何止車聲？車聲相迫之不足，更佐以人聲，和無所不在無攻不克的收音機、電唱機之聲，織成了一面恢恢天網。對於人聲鼎沸，我雖然感到困擾，但還可以勉強忍受，因為人吵人，畢竟是以六尺之軀，鼓三寸之舌，製成的噪音，不公平之中尚不失有些公平。用機器製造噪音，十貝百貝之量，取決於手指旋鈕之便，那才是殺人不見血。右鄰便擁有這麼一架機器，不，武器。一聽就知道，那是一個大英雄在欣賞音樂。每天我都在心裡咒詛他，咒詛他忽罹癲癇症。我倒不是在亂咒人。耳有異聲，往往是癲癇症的前奏。據說舒曼和梵谷就是這樣。

在聽覺的世界裡，人顯然可以分成兩類：一類其耳如花，一彈就破；一類其耳如盾，矢雨尚且不怕，何懼噪音？「世人聞此皆掉頭，有如東風吹馬耳」，照謫仙的說法，後一類人可以稱為「馬耳族」。有一天，我要是當選了臺北市長，上任後第一件大事，便是集合全體市民，使他們接受一種噪音迫害器的測驗。凡接受測驗後奄奄一息的人，皆納入「人耳族」；事後猶面不改色者，其必為「馬耳族」無疑。然後我將人耳族盡遷城西，將馬耳族盡遷城東，任他們去吹東風，或者颱風。同時我將命令，凡吵鬧的建築物，例如機場、車站、車行、飯店、戲院、唱片行、酒家、議會等等，一律設在城東，只有像學校、藝術館、音樂廳、水族館、動物園、天文臺等安靜的建築物，才可以留在城西。馬耳族人要在城西，一定要戴口罩；反之，人耳族人去城東時，得戴上耳罩，以維護神經。

這樣，大概就沒有忽罹癲癇症的危險了。

免於噪音的自由

《格列佛遊記》的作者史威夫特，一定欣賞我這種作法。只是有一件事，我一直拿不定主意。我實在不能決定，究竟大學應該設在城東，還是城西？照理說，大學生天經地義應該屬於人耳族，因為知識分子原是一種思想的動物，而思想是無聲的。不過這只是一個假設。事實上，大學生之中多的是馬耳族人，我甚至懷疑，馬耳族人已經占領了我們的最高學府。

不久以前，我曾有機會證實了這項懷疑。那明明是一所學院的圖書館，可是我恍若置身於馬耳族的市場。幾百個大學生坐在裡面，除了少數是在思想——至少他們沒有張口——之外，其餘的都談笑自若，議論風生。忽然下課鈴響，一時秩序大亂，舊的馬耳族大撤退，新的馬耳族大舉進犯，有的倉皇推椅而起，有的匆匆闔書而遁，有的馬鳴蕭蕭，有的馬蹄得得。我敢說，滿架的莊子和柏拉圖，一定全吵醒了。

圖書館如此，教室當然好不到哪裡去。已經響過上課鈴，且已開始講課，仍有失群之馬，三三兩兩來歸。後面的幾排，尚有一匹害群之馬，躲在那裡嘶聲可聞。下課鈴一響，教室立刻變成了牧場，眾馬齊嘶，非一個牧童所能喝止。遇到別班先下課，雖駓駰駱驪騮騵，萬蹄過處，只有慘遭蹂躪的份，而自己班上的一群驍騰，早已半數起立，躍躍欲去了。這時，我常常告誡自己廄中的群馬：若要不受別人吵鬧，自己下課時就千萬不可學樣。群馬聞之，大都似笑非笑，顯然，我的話只是又一陣過耳的東風。

除了這些煩惱，還有許多外來的迫害。工人敲打之聲，若斷若續，汽車相警之聲，此呼彼應。下課的電鈴聲，喧赫威武像華格納的音樂。最令人難堪的，是噴射機壓境而過的厲呼，天聾地啞之際，師生相對無語，狀若白痴。這種愚蠢的啞劇，有時候一堂課要複演三次。

叔本華在〈論噪音〉一文中，記述他一生受噪音的迫害。據他說，康德、哥德，和李克登堡也有同感。叔本華說，沒有思想的人所以不怕噪音，是由於他們腦中原就一片空白，沒有什麼在進行，當然無所謂橫來噪音將之切斷。身為大學中人，至少至少，也應該享有「免於噪音的自由」。如果大學生而竟向馬耳族投降，從而自製噪音，互相殘殺，那還不如將大學改成牧場，讓人去拍西部片好了。

——五十七年四月二十日

放下這面鏡子

十年前，我在〈論新詩的大眾化〉一文中，曾經斬釘截鐵地說：「二十世紀的新詩是一種提煉得非常精純的藝術；它把單調的音樂還給流行歌曲，把整齊的排列還給圖案，把敘述還給故事，把舞臺還給戲劇，把論詩絕句還給批評家，把應酬與即景還給舊詩，把議論還給人生哲學家，把對於自然和生命的天真解釋還給寓言家了。剩下來的是純粹的詩，此即新詩。」

這樣的作法，究竟是新詩的純粹化，還是新詩的狹隘化，事隔十年，似乎應該有不同的解釋了。在十年前，這種趨勢，確曾有不少詩人解釋為「純粹化」，但是，十年後的今天，國際性的無病呻吟已經淹沒了我們的詩壇，這種趨勢，無可諱言，只能視為詩的「狹隘化」罷了。

中國的文學批評，素有「詩言志」之說。用現代文學批評的術語來說，便是所謂「自我表現」。詩是一切文學之中，最具主觀性的一個部門。「我」在詩中的主角任務，幾乎誘使我們武斷地說，詩簡直可以稱為「第一人稱的藝術」。抒情詩成為詩的主要部門，原是非常自然的事。不過這種自我的表現，有一個微妙的分寸，超過這個分寸，這個「我」便無法與「你」交通，更喪失了「他」的獨立性與具體感，也就是說，超過這個分寸，「我」就因為太氾濫，太朦朧，而不具社會性與時代性了。

浪漫詩人超過了這個分寸，乃陷入傷感與自憐，至其末流，除了「濃得化不開的情感」，幾乎別無他物可予讀者。繆塞甚至宣稱，最幽美的詩僅僅是悲泣。針對這個病態，現代詩人曾經相誡，要約束氾濫的感情。在西方，艾略特一派作者特別標出古典，以遏止浪漫。在臺灣現代詩運動的初期，遂有人輸入「主知」的觀念，以糾正「抒情」的橫流。這原是一個很好的開始。可是，提倡主知，必須有極為深厚的思想和對於古典的修養為後盾，並不是提出口號就能奏功的。主知的大師，如艾略特和奧登者，沒有一位不是在傳統裡打過滾的。紀弦先生雖然極力倡導主知，可是他的氣質毋寧是浪漫的，「我」在他的詩中似乎有一種壓倒性的存在。

因為我是一個奇蹟，
一個奇蹟中之奇蹟；
也是一個悲劇，
一個悲劇中之悲劇。

像這樣的詩句，誰能否認它的浪漫性呢？當艾略特強調詩應「無我」之際，紀弦先生的詩中，不但充滿了「我」，甚至充滿了極端形而下的「我」，如他的菸斗和手杖。我個人並不熱中於主知，也不以為詩中「有我」就怎麼不好。我只想指出，紀弦先生當日的理論與創作之間，尚頗有一段距離而已。事實上，紀弦先生的一些好詩，好處都不在主知。例如納入《中國現代詩選》中的那首〈狼〉，確是一篇不含糊的匕首式的作品，但其中所洋溢的情緒、感覺，和極端放縱的個性，都與主知無關。在早期現代詩社的作者之中，最接近知性的，當數方思先生吧。

主知主義在我們的現代詩中，並未有多大的發展。不久它便為另一種趨勢所取代。那種趨勢，大致上以存在主義為裡，而以超現實主義為表。這種一表一裡的結合，是極為有趣的。兩者有不少相似之處：例如，兩者皆排斥理論、教條，與概念，且反抗理性的控制，又皆認為生命乃一種變動不已的狀態，由持續的瞬間串成，且強調無意識的無理性等等。可是兩者也有一個無可調和的差異，那就是，超現實主義要在徜徉的夢境中泯滅主觀和客觀的界限，而存在主義則強調自由選擇的意志，採取行動的必要，以及隨之而來的責任。我國的現代詩人，言存在主義必舉薩特。事實上，薩特的哲學是入世的，他強調作家必須投入具有一定地域和時代背景的現實，且對社會起一些作用。基於這種信念，他甚至認為，真能起點作用的，還是散文，而不是詩，尤其不是超現實主義的詩。薩特對於超現實主義的攻擊，是人盡皆知的事實。在長達十萬字的一篇文章叫〈一九四七年（法國）作家之處境〉裡，他再三指出超現實主義的矛盾與空洞。他說：「自動文字，歸根結蒂，只是主觀之毀滅。」又說：「我正企圖『用散文』，就超現實主義者所嘗試的範圍，對於介入這世界的『超現實主義』的全盤事實，作一次批判性的研究，以澄清它的意義。超現實主義的詩人們卻回答說，我這樣做不但危害了詩人，也誤解了他們對內在生活的『貢獻』。可是事實上，他們何嘗關心什麼內在生活；他們要做的，是粉碎內在生活，並打倒主觀與客觀的分界……」我真希望，現代詩人們在企圖調和阿拉貢和薩特之前，先仔細閱讀那篇長文。

不過，我此地要指陳的，倒不是價值的問題，而是一個現象，一個日漸顯著而終於無可掩飾的現象。存在主義的第一要義，就是「存在先於本質」。說得淺俗一點，就是先有經驗，然後才產生對於那種經驗的詮釋。可是在我們的詩壇上，私淑薩特的某些作者，卻把它讀倒了。他們用演繹法的步驟，將西方哲人對於存在所體驗出來的結論或提煉出來的本質，強加於東方人的存在經驗之上。也就是說，身為東方作家的他們，不但接受了西方對存在的詮釋，而且把它當作一把標準尺，來量東方人的存在經驗，遇見不合西方尺寸的，便皺起眉，搖起頭來。

薩特的信徒們也許會說，人類的存在經驗，在基本上應該是一致的，因此，用一把標準尺也就夠了。曰又不然。以水為喻，同樣是水，在赤道上暖，在兩極寒，甚且結冰；同樣是水，碗盛之則圓，硯承之則方。存在的經驗，依生存的環境而定：一個加拿大人的存在，不可能和一個印度人一致。奈何我們的存在主義者，幾乎在「介入」之前，就熟記了存在的一些先定的「本質」，準備去存在之中，依方配藥，按圖索驥。諸如他們再三強調的什麼「遠征的情境」、「孤獨的歌者」、「意義之伏魔」，以及「凡嚴肅藝術品均預示死之偉大與虛無之充盈」等等，都可以說是把結論下在前面，從「觀念」出發。這種作風，倒真是有點「學院派」了。要做薩特真正的信徒，就要勇敢地擁抱赤裸裸的，此時此地的存在，就要自己去體驗，不要帶西方的夾帶，更不要讓薩特那老頭子在巴黎按鈕，作「遙遠控制」。事實上，某些詩人雖然再三強調「發掘自我」，但是在他們舉起鶴嘴鋤和鐵鏟之前，對那個仍在礦中的自我，早已存有種種先定的意象，預期它是偉大的、孤獨的、悲劇性的，甚或面目模糊的等等。這種定了型的「自我意象」，仍然是演繹的、理想的，並非獨創。

然而「獨創」不正是我們的現代詩人的口號嗎？滿紙喬艾斯、漢明威、滿袋薩特和卡繆的夾帶，在精神上早已不夠獨立，在作品上怎能完全創造？我們的超現實主義者，表面上雖然要「反傳統」，奈何一舉手一投足之間，無時無刻不在挾傳統以自重，援傳統以自圓其說。超現實主義在法國已經成為傳統，在英美，甚至已經成為文學史的陳跡。（請參閱一九六六年增訂本的 *The New Poetry:* selected and introduced by Alvarez）超現實主義者甚且回到我國最古老的傳統——《老子》——之中去找註腳，這當然是很好的。不過，當老子發現，超現實主義者竟要用那麼紛繁的意象，花那麼大的氣力，來表現他哲學中的「無」的時候，他老人家會有什麼感想呢？

五色令人目盲，
五音令人耳聾。

他老人家的這兩句話，對於聲繁色厲的超現實主義，也許不無啟示罷？

●

由於一些現代詩人再三強調自我的發掘，自畫像遂成為我們的現代詩中最流行的作品。翻開一些詩集和詩刊，讀者似乎走入了掛滿自畫像的畫廊。自畫像當然沒有什麼不好，梵谷的自畫像就是我最喜歡的作品。可是現代詩中的自畫像，似乎表現了兩個傾向。第一，由於那種自我之發掘，大半是根據西方的結論，去鑑定東方的存在經驗，開採的結果，往往只有泛泛的人性，也就是說，只有理想中的，觀念化了的，歐化了的存在，個性和民族性並不怎麼凸出。換句話說，這樣畫下去，可能愈畫愈像西方人的。

第二，由於現代詩在觀念上是反浪漫的，詩人們在自畫像上似乎不敢直接處理感情，怕招來「抒情」之譏。在存在主義和佛洛伊德的雙重壓力下，自畫像上的感情遂為情慾所取代。結果有時候是「濃得化不開的情慾」取代了「濃得化不開的情感」。我實在不能決定，這種轉變是否能算一種「進步」。徐志摩洋溢的柔情，換成今日充塞的赤慾，現代詩人衝出了浪漫的情網，立刻又墮入了存在的慾障。感情固然不是人性的全貌，情慾恐怕也不能概括人性吧。宣洩感情，容易陷入傷感與自憐。放肆慾望，以繁複而混亂的意象展示自己的痛苦，表演自己的悲劇，其中不也具有自憐的成分麼？淚眼示人是傷感，血跡示人又是什麼呢？

不久以前，辛鬱先生曾經指出，今日的現代詩寫「我」寫得太多了。這確是一項重要的發現。它的重要性是雙重的。首先，它已經發現上述的自畫像，事實上只是一朵倒置的水仙。要打破「詩乃第一人稱的藝術」這小天地，現代詩似乎在攬鏡自照之餘，也不妨看看「他」，且和「你」坦誠地談談。現代詩向以「靈魂的獨白」自高，可是獨白之餘，往往只見一個「我」，這可能是現代詩日趨狹窄也日趨緊張的最大原因。許多讀者滿懷熱情來接受現代詩，可是發現詩人目中既無「你」，也無「他」，只聽他一個人自說自話，怎不掃興而去？梵谷的偉大，在他對社會中的「他」和「她」，以及自然中的「祂」所流露的赤愛、同情，與讚美，而不全依賴他的那些自畫像。有哪位畫家僅畫自畫像而成為大藝術家的呢？

其次，自畫像所以能在中國流行，中國古典詩的傳統，是一個原因。抒情詩一直是中國古典詩最重要的一個部門，如果不是唯一的部門的話。相對而言，敘事詩在中國一直不曾發達。在少數的敘事詩中，戲劇性往往不夠緊張，心理的探討似乎也不夠深入。史詩的成績接近零，諷刺詩也只是淺嘗輒止。屈原的偉大性是不容懷疑的，但是〈離騷〉畢竟還是「第一人稱的藝術」，在「言志」一方面固然酣暢淋漓，但是在敘述的持續和規模的宏大上，和《神曲》一類的史詩，仍不便作同類的比較。言志也好，抒情也好，中國詩一直跳不出第一人稱的局限，古典詩如此，現代詩也是如此。現代詩目前所面臨的問題，不是追求純粹性，而是拓寬接觸面，擴大生存的空間。現代詩如果不甘於做文學中的孤城，而坐視疆土日減，就應該和小說、戲劇競爭一下。現在已經到了走出象牙塔，去擁抱「你」和「他」的時候了。

那麼，首先就得放下這面鏡子。不要學「白雪公主」中那位皇后說：「牆上鏡兮牆上鏡，噫誰人兮最可憫」了。

——五十七年五月

幾塊試金石

——如何識別假洋學者

自從西洋文學輸入中國以來，我們的文壇上就出現了一群洋學者，企圖嚼西方的麵包，餵東方的讀者，為中國文學吸收新的養分。這原是一件極有意義的工作，可是，正如其他的學問一樣，這一行的學者有高明的，也有不高明的。不高明的，照例比高明的一群，要多出十倍，甚至百倍。由於語言隔閡，文化迴異，一般讀者對於這一行的學者，常感眼花撩亂，孰高孰下，頗難分斷。如果那位洋學者筆下不中不西，夾纏含混，讀者會原諒那是艱奧的原文使然。如果他信筆胡謅，作無根之談，發荒唐之論，讀者會想像他自出機杼，不共古人生活。如果他東抄西襲，餖飣成篇，讀者反會認為他群書博覽，所以左右逢源。真正的內行人畢竟是少數。在少數人的緘默和多數人的莫測高深之間，此輩假洋學者遂自說自話，得以繼續濫竽充數。長此發展下去，西洋文學的譯介工作，真要變成洋學者的租界地了。在此地，我無意作學術性的研討。我只想指出這塊租界上一些不正常的現象，好讓一般讀者知道鑑別之法，自衛之方，而此輩洋學者知所警惕。

首先，要鑑別洋學者的高下，最簡便的方法，便是看他如何處理專有名詞。所謂專有名詞，包括人名、地名、書名等等；在這些名詞上面，假洋學者最容易露出馬腳。先說地名，英國地名以ham、mouth、cester等結尾的，在此輩筆下，很少不譯錯的。再說書名：書名最容易譯錯，因為不諳內容，最易望文生義。西洋文學作品的標題，往往是有出處的。不是真正在古典傳統中沉浸過的老手，面臨這樣的書名，根本不會料到，其中原來大有文章。例如現代小說家赫克思里（Aldous Huxley）的書名，不是出自莎士比亞的名句，便是引自米爾頓和丁尼生的詩篇。其中如《美好的新世界》（*Brave New World*）一書，典出《暴風雨》；譯介赫克思里的洋學者，沒有幾個人不把它譯成《勇敢的新世界》的。要做一個夠格的洋學者，僅憑一部英漢字典，顯然是不夠的。如果只會翻字典，聯單字，結果當然是類似「英國的馬甲和蘇格蘭的檢閱」的怪譯了。

面臨人名，尤其是作家姓名，洋學者更是馬腳畢露。例如美國詩人Edgar Allan Poe，中文譯成愛倫坡，原是大錯。（朱立民先生曾有專文說明）坡的原名是艾德嘉．坡，而愛倫是他養父的姓，後來才插進去的。法國人一向不理會這個「中名」，例如波德萊爾和馬拉美就只叫他Edgar Poe。所以坡的名字，不是Edgar Poe就是Edgar Allan Poe，斷乎不能呼為Allan Poe。素以法國詩的介紹為己任的覃子豪先生屢次在愛倫坡的名下註上Allan Poe，足證他對馬拉美的種種，亦不甚了了。這種錯誤在他的《論現代詩》一書中，比比皆是。一個更嚴重的例子，是丁尼生的原名。在該書中，丁尼生數以A.L. Tennyson的姿態出現，實在是荒謬的。按丁尼生的原名加上爵位，應該是Alfred, Lord Tennyson。其中Lord是爵號而非名字，怎麼能和Alfred混為一談，且加以縮寫？如果這也可行，Sir Philip Sidney豈不要縮寫成S.P. Sidney？覃子豪先生在詩的創作上頗有貢獻，他的創造力非但至死不衰，抑且愈老愈強。他對於中國現代詩的見解，亦有部分可取之處。但是在西洋文學的譯介上，他是不夠格也不負責的。

一般洋學者好在作家譯名之下，加註英文原名。這種作法，目前已到濫的程度。我國譯名向來不統一，加註英文原名，算是一種補救之道，避免張冠李戴，滋生誤會。但是這種作法，應該有一個不移的原則，就是，不在易招誤會的場合，就儘可能避免使用。例如英國文學史上，有兩位名詩人，都叫做傑姆斯．湯姆森，還有兩位名作家，都叫山繆．伯特勒。遇見這種情形，除了加註英文原名，更有註明年代的必要。前文提到赫克思里，我曾加註英文原名，那是因為他的家庭先後出過好幾個名人的關係。一般洋學者的幼稚病，在於每逢提起人盡皆知的大文豪，如莎士比亞和里爾克時，也要附註英文和生卒年分；有時東拉西扯，一口氣點了十幾個大名字，中間夾夾纏纏，又是外文，又是阿拉伯數字，真是叫人眼花撩亂。這種洋規矩發展下去，終有一天，在提到孔子的時候，也會加上（Confucius, 551-479, B.C.）一串洋文的。曾見一篇空洞的短文，加起來不過一千字，其中附註原名和年代，幾占五分之一的篇幅。如果我是該刊編輯，一定倒扣他的稿費。

其次，談到詩文的引用。這也是洋學者的一塊試金石。在這方面，一般洋學者更是「不拘小節」，往往竊據前賢或時人的譯文以為己譯，或者毫無交代，含混支吾過去。我在《美國詩選》中的一些譯詩，就常為此輩利用，而不加聲明。在西方的學術界，這樣子的公然為盜，已經構成嚴重的法律問題。有時這些洋學者也會聲明引用的來源，可是對於譯文的處理，並不依照原有的形式，或者疏於校對，錯字連篇，致令原譯者的名譽蒙受損失。這些洋學者公然引用他人譯文，有時那效果近於「殉葬」。由於原有的譯文錯誤百出，洋學者照例不與原文對照審閱，或即有意審閱亦無力識辨，結果是糊裡糊塗，將自己的聲名押在別人的聲名上面，遂成「殉葬」之局。

校對是另一塊試金石。這句話似乎不合邏輯，或者跡近武斷，但我相信必邀內行首肯。一般說來，高級的校對不一定能保證高級的內容，可是反過來，低級的校對未有不洩漏低級的水準的。例外不是沒有。只是根據我的經驗，一本評介西洋文學的書中，如果外文的校對極端草率，那本書的學術水準一定高不到哪裡去。英文的校對好像是細節，可是字首究應大寫或小寫，一字中斷該在何處分出音節，這些問題，一舉手一投足之間，莫不間接反映出洋學者的文字修養。一本書，如果在校對方面已經引起讀者的疑慮，在其他方面恐怕也難贏得他的信任吧。我有一個近於迷信的偏見：每逢收到這樣的一本書，我很少先看內容。相反地，我往往先看校對；如果校對令我滿意，我便欣然讀下去，否則，我的興趣就銳減了。

洋學者的洋學問，往往在一個形容詞或一句論斷之中，暴露無遺。如果一篇譯介性的文章，左一句「薄命詩人濟慈」，右一句「很有一種羅曼蒂克的情調」，作者的趣味一定高不了。一篇評介性質的文章，是「湊」的還是「寫」的，內行人一目了然。討論一位西方作家之前，如果對於該國的文學史與該一時代的文學趨勢欠缺通盤的認識，對於他的作品，平素又少涉獵，竟想臨時拼湊資料，敷衍成文，沒有不露出馬腳來的。大學裡常有所謂「開卷考試」（open book test）。洋學者寫這類文章，事實上也是一種開卷考試。開卷者，抄書也，可是該抄些什麼，從哪裡抄起，外行人仍是摸不著頭腦的。平素欠缺研究的人，即使把書攤在他的眼前，仍會抄到隔壁去。結果是，一位二流的詩人被形容成大詩人，一位通俗的作家被稱為巨匠，一篇含蓄至深的作品被稱為反叛傳統，一首十四行被誤解為自由詩。由於自己欠缺批評的能力，這樣的洋學者對於他所介紹的西方作家，往往只有報導，沒有分析，只有溢美，沒有批評。最幼稚的一類，簡直像在做特效藥的廣告。

至於洋學者的中文，照例是不會高明的。邏輯上說來，窮研外文勢必荒廢了國文。事實上並沒有這麼簡單。因為一般的洋學者，中文固然不夠雅馴，外文似乎也並未念通。筆下不通，往往是心中不通的現象。如果真想通了，一定也會寫通。我甚至有一個不移的偏見，以為中文沒有寫通的人，外文一定也含混得可以。中文不通，從事任何文學的部門都發生資格問題，從事以洋學誨人的工作，更不例外。表面上，似乎洋學者的中文，何妨打個折扣，從寬發落？其實洋學者正加倍需要雄厚的中文修養，才能抵抗那些彆扭的語法和歐化的詞句，也才能克服中西之異，真正把兩種文學「貫」起來。不幸的是，我們的洋學者寫起中文來恍若英文，寫起英文來又像道地的中文，創作時扭捏如翻譯，翻譯時瀟灑如創作，真是自由極了。至於數落西方文豪如開清單，而於中國文學陌生如路人，更是流行一時的病態。

這篇短文，和學術扯不上什麼關係。我只想用最淺近的方式，教無辜的讀者一些實用的防身術，免得他們走過洋學者的租界時，平白被人欺負罷了。

——五十七年六月二十五日

我們需要幾本書

現代文學和藝術在臺灣的發展，迄今已有十年以上的歷史了。由於年輕一代的努力，一些新興的藝術，例如現代詩、現代小說和抽象畫，都已頗具規模，而且贏得更少壯的一代的喜愛。現代詩的朗誦會，吸引三五百的聽眾，是很常見的事。在這樣的氣氛下，幾乎所有的大學都成立了詩社。臺灣現代詩的影響，甚至遠及香港、菲律賓、越南，和星馬的華僑青年。抽象畫在國內的展覽，不再是觀眾取笑的對象。在國外，尤其是美國和菲律賓，我們的青年畫家更獲得熱烈的好評。美國華盛頓佛利爾美術館的研究員羅覃（Thomas Lawton）在一本畫集的序言中說：「五月畫會的展覽，不能再視為純然地方性的活動了。」

畢竟，十幾年的時間不能算短，所謂「年輕的一代」也已經漸漸進入中年。想起白先勇、王文興、張健、葉珊轉瞬就要三十歲了，遂覺逝去的歲月已經可觀。可幸不逝的是大家的作品。如何整理這十幾年來浩繁的卷帙，使現代文藝的運動呈現一種井然有條的透視，並標出這一代創造的心靈的趨向，該是大家共同關切的事。否則事過境遷，或因資料散失，或因解人難求，將使後之學者興事倍功半之歎。今日的臺灣，如果還有人妄加「文化沙漠」的惡名，其人的矇瞽也委實可驚了。但是，如果其人不肯罷休，非要追問仙人掌何在，綠洲何在的話，則我們似乎至少要能拿出下列的幾種書來，才能塞住他的口吧。

首先，我們應該拿得出一部「現代散文選」。十幾年來，我們在散文的創作上，不能說沒有成就，可是成就究竟在哪裡，最高的成就究竟屬於哪些作家，就是見仁見智的問題了。一般說來，目前最流行的散文，在本質上，仍為五四新文學的延伸。也就是說，冰心的衣裙，朱自清的背影，仍是一般散文作家夢寐以求的境界。某些副刊與國文課本的編者，數十年如一日，仍然以為那樣子的散文才是新散文的至高境界。淺顯的文義，對仗的句法，鬆懈的節奏，僵硬的主題，不假思索的形容詞，四平八穩的成語，表現的無非是一些酸文人的孤芳自賞，假名士的自命風流，或者小市民的什麼人生哲學，婆婆媽媽的什麼邏輯。這一切，距離現代人的氣質和生活，實在太遠太遠了。

有一個現象是值得我們注意的。五四嫡傳的那種散文，在中學生，尤其是中學女生之間，確實非常流行。加上國文課本的推波助瀾，遂使這類散文氾濫於報紙的副刊和通俗的雜誌。可是人總是要長大的。同樣的讀者，一旦成為大學生，對於所謂美的觀念，便大大改觀。於是他們發現：空洞不等於空靈，淺顯不等於純淨，嚕嗦不等於強調，枯燥也不是嚴肅。於是他們發現：用白話寫的「花兒，鳥兒」並不比文言的風花雪月進步到哪裡去。於是，自然而然，他們需要現代散文。

此地所謂的「現代」，是指作者必須具有現代人的意識和現代人的表現方式。所謂現代人的意識，是指作者對於周圍的現實，國際的、國家的、社會的種種現實，具有高度的敏感；這種敏感瀰漫字裡行間，不求表現而自然流露。嘗見某些懷念大陸的散文，缺乏才情如地理課本，缺乏時空的敏感如錄自五四時代的舊文，到了篇末，才加上一條軟弱的尾巴，諸如「一晃眼又是中秋了，『月是故鄉月』，不知道故園風物是否無恙？」這種交代是沒有生命的，因為上下文各自為政，沒有交織，不起共鳴。至於現代人的表現方式，是指這一代的青年作者對於文字的敏感和特有的處理手法。適當程度的歐化，適當程度的文白交融，當代口語的採用，對於現代詩及現代小說適當程度的吸收，以及化當代生活的節奏為文字節奏的適應能力，這一切，都是現代散文作者在技巧上終必面臨的問題。在這方面，字彙的選擇是相當可靠的分別。以我個人為例。我寧可看一篇稚嫩的散文使用像「黃牛」、「修理」、「蓋仙」之類的字眼，也不願看一篇老成的小品充滿「玉潔冰清」、「珠聯璧合」、「白髮紅顏」之類的濫調。

嚴格說來，許多流行的散文作家，在本質上是不夠現代的。例如陳之藩和王尚義，前者研究科學，後者熱中存在主義，不能說他們的意識不夠現代。可是兩人在表現的方式上，仍是頗為「五四」的。陳之藩在出國以前，對五四及五四嫡傳的那一類散文，濡染有年，又兼為一個胡適迷。王尚義雖然熱心介紹新興思想，但對於文字並不敏感：如要證據，請看他的「新詩」多受五四（尤其是胡適）的影響。我久有這麼一個偏見：我認為，臺灣的現代散文，如果不是純自現代詩脫胎而來，至少至少，也該是後者的一個師弟。沒有接受過現代詩洗禮的作者，恐怕大多與現代散文無緣吧。陳之藩、王尚義是反面的例子。葉珊、夏菁、管管是正面的例子。再以曉風為例。收在《散文欣賞》裡的那篇〈魔季〉，從五四嫡傳散文的標準來看，實在是一篇上乘的作品，只是，在整體的感覺上，它還不夠新，不夠現代。意識上，技巧上，〈魔季〉仍然沒有完全擺脫五四。「小樹葉兒」、「小銀」、「陽光和春風都被甜得膩住了」、「許多不知名的小黃花正搖曳著，像一串晶瑩透明的夢」一類的字句，仍是頗為五四的。另一方面，像「嬌美如昔」、「柔軟仍似當年」、「綠羅裙一般的芳草」等等，說明了作者猶未能擺脫古典文學的直接影響。至少有三個因素使早期的曉風不能進入現代：中文系的教育，女作家的傳統，五四新文學的餘風。我不是說，凡出身中文系，身為女作家，且承受五四餘澤的人，一定進不了現代的潮流。我只是說，上述的三個背景，在普通的情形下，任具一項，都足以阻礙現代化的傾向。曉風三者兼備，竟能像跳欄選手一樣，一一越過，且奔向坦坦的現代大道，實在是難能可貴的。事實上，即使〈魔季〉本身，也已經伏下了蛻變的轉機。一開始，題目就夠敏感；五四嫡傳的散文作家，對於詞的壓縮向來不敢大膽嘗試，遇見這種場合，很可能會有什麼「魔樣的季節」妥協了事。「扭亮檯燈，四下便烘起一片熟杏的顏色」已經夠好。「我慢慢走著，我走在綠之上，我走在綠之間，我走在綠之下。綠在我裡，我在綠裡」，也夠武斷，頗有現代詩和抽象畫的意味。「春天絕不該想雞兔同籠，春天也不該背盎格魯薩克遜人的土語，春天更不該蒐集越南情勢的資料卡。」這麼一句，更證明作者具有足夠的現代感：「越南情勢的資料卡」一詞，在五四嫡傳的散文裡，是絕對不會出現的。以反為正，以不類為類，從繽紛中求統一，正是現代文學的手法。現代感，在曉風「後期」的作品中，毫不含糊地流露了出來。拿〈鐘〉和〈魔季〉作一個對比，立刻便見出後者的過渡性。

我理想中的散文，不是目前氾濫的小品文，更絕非雜文。小品文一詞，是相當誤人的。它令人誤會散文應該寫得輕飄飄，軟綿綿，信筆所之，淺嘗輒止。林語堂在解釋小品文時竟說：「凡方寸中一種心境，一點佳意，一股牢騷，一把幽情，皆可聽其由筆端流露出來，是之謂現代散文之技巧。」怪不得五四時代的散文，大半都那麼鬆鬆散散，隨隨便便。更怪不得，竟然有人把小品文叫做隨筆。在這樣的了解下，早年的散文作者，刻意追求的只是一種清淡稀薄的「風格」，簡直忘了，在他們所了解的「風格」之外，還有形式和結構。即以最基本的文字為例，像林語堂那種不文不白，不新不舊，又似語錄體又似舊小說的文字，說理不夠嚴密，抒情又不夠活潑，實在說不出是什麼風格。

五四嫡傳的散文，柔若無骨，弱不經風，像一張避重就輕的水彩畫。真正有抱負的現代作家，期待於散文的，毋寧是油畫的厚實，木刻的稚拙，水墨的淋漓盡致，建築的秩序井然。換句話說，散文不一定是手工業、輕工業。因此，理想中的「現代散文選」，不一定要局限於純粹的散文家；現代小說家中，也儘有合格的人選。正如喬艾斯、福克納、康拉德、勞倫斯左右了現代英文散文的風格，我們的年輕小說家，雖然不寫散文，對散文的文體也是甚有影響的。我常覺得，要讀好的散文，與其去讀五四嫡傳的什麼小品文，還不如去讀某些現代小說。馬羅和莎士比亞用無韻體的詩寫戲劇，許多英國詩選照樣將《浮士德》和《漢姆萊特》的片段收了進去。同樣，我們也可以摘錄現代小說的片段，拿來作散文欣賞。

其次，我們要一部「文藝論評選」。一個時代的藝術觀，和對於生活的感受及處理方式，在那時代的創作之中，最具不落言詮的表現。但是最直接的表現，還是那時代的批評。中國傳統的文藝批評，往往失之含糊，籠統，不講方法，不重分析，即興的意味太濃，研究的精神不足。五四以來，西洋的文藝批評也曾有若斷若續的介紹，但大致說來，質既不精，量亦不富，成績平平。對本國文藝的批評，或偏重政治的立場（例如左傾作家的強調「階級意識」），或昧於批評的原意（例如一篇所謂批評，題外的話倒占了三分之二），或淺嘗輒止，不肯深入（一千三、五百字的書評，尚未觸及問題的核心，已經終篇），或語無倫次，或囁嚅其言，始終拿不定自己的主意，也不敢下一句確切的斷語；總之，與負責任有見解的批評尚有一段距離。

造成這樣的現象，原因固然很多，例如是非太多，稿費太少，篇幅太小，時間投資太大，不能忍受細讀長篇劣作的痛苦等等，都言之成理，但是最大的原因，恐怕還是批評人才的缺乏。造就一個批評家，才賦之外，還需要學養、灼見，和膽識。也許我們會有所謂天才作家，但天才批評家卻是一個危險而滑稽的名詞。所謂學養，對於一個批評家來說，至少應該包括相當內行的專業知識，和足夠的語文條件。所謂灼見，應該特指相馬伯樂慧眼獨具的那種超人的敏感，尤其是對於文壇新人的鑑別。真正「識貨」的批評家，往往也就是預言家。賀知章一見李白，就有謫仙之歎。愛默森接到《草葉集》，就祝賀作者偉大事業的開端。向一般「搞批評」的庸才要求這種灼見，絕對是奢望。至於膽識，則是說真話的勇氣，這種美德更為罕見。就以白先勇為例吧，真有灼見能欣賞他的小說的人，已經不多；識者之中，有膽量毫不含糊宣之於文的人，當然更少；而在這少數的勇者之中，能說出白先勇好在哪裡，為什麼好，比誰又好幾分，比誰又差一點，好處從哪裡學來，好處到哪裡就為止，在當代文學中占什麼地位，在未來文學史上有多少傳後的把握（chance of survival）等等的批評家，恐怕更是可遇而不可求了。

十幾年來，這樣子的批評，有學、有識、有膽的批評，當然少之又少。但是，只要有心人肯去蒐集，一部具有相當代表性的「文藝論評選」，也不見得就絕無可能。理想中的這麼一部「文藝論評選」，似乎可以依下列的方式來編選。第一，獨創的理論，特佳者可以收納。所謂「獨創的」，當然不必一定指望他臻於瑞恰慈或安普森的境地，只要是自抒見解而又言之成理玩之成趣，也就可以了。我特別標出「獨創的」一詞，是因為目前的文藝理論中，抄書之風太盛，一噸的理論中，自己的見解不到一盎司。嘗見一篇談隨筆的文章，全長不到四千字，直接引用胡適、朱自清、林語堂、周作人，以及外國作家對這種文體的解釋，竟占去兩千字的篇幅。這種文章，最多只能稱為「意見箱」吧。第二，有分量的批評，可以選用。此地所謂批評，包括對某一作家，某一派別，某一問題等等的批評。這種批評應以嚴肅、公正、深入為準，凡黨同伐異、徇私護短，或別有用心之作，均在不被歡迎之列。但重要的論戰，正反雙方，有分量並具代表性的論辯，均應列入，以便文學史家引用。第三，精采的書評，不可漏掉。同一本重要的作品，如能將論點互異的幾篇書評，作對照性的並列，最能顯示同一時代文學觀的多般性。書評之為用，繫於被評作品之高下者小，而有賴評者見識之高下者大，因此，即使被評的是一篇劣作，對於讀者仍是有啟示的。第四，在次要的層次上，對於中國古典文學的重新評價，對於西洋文學的介紹和批評，凡能提出獨到而成熟的見解，尤其是能從比較文學的角度去著手的，也可以酌量選用。中文系的學生容易昧於國際潮流，外文系的學生容易忘記本國傳統。從比較文學的觀點去重認中西文學，應該可以矯正這種偏失的現象，並促進文化的交流。

書名「文藝論評集」，當然不無商榷的餘地。我的構想是：以文學論評為主，而以其他藝術的論評為輔。例如抽象畫和民族音樂的理論，對於文章的思想就具有頗大的意義。如果擔心書會太厚，則乾脆縮小範圍，叫做「文學論評選」也可以。

第三，我們需要一部現代的「古典詩選」。所謂現代的古典詩選，就是用現代人的美學觀念來重新編選，以適合現代讀者的需要的，這麼一部古典詩選。這樣的新選集，當然也就間接反映了我們這一代的信念和鑑賞方式。為便於討論起見，我們就舉《唐詩三百首》為例吧。自乾隆癸未年蘅塘退士刊印本書以來，《唐詩三百首》已經成為最流行的一部詩選，目前它甚至還擁有好幾種英文譯本。可是它畢竟是清初人的選集，代表的畢竟是兩百年前的眼光和感受。五四以來，我們受了西洋文化的影響，開始走出廬山去看廬山，立足點變了，角度變了，廬山對我們所呈現的面目，當然也異於山中所見的了。在這方面，西方學者和翻譯家對中國古典詩的處理，可以供我們的參考。例如一九六五年出版的《晚唐詩選》（*Poems of the Late Tang*: translatd by A.C. Graham），便選了後期的杜甫，和孟郊、韓愈、盧仝、李賀、杜牧、李商隱等七家，使中晚唐詩的某一種風格，脈絡分明地顯現了出來。然而那畢竟是山外人看山，和山中人出山後再看山不同。身為山中人的我們，在攀過落磯山或阿爾卑斯山之後，再回到自己的山中來，感覺自然不同。因此我們需要一部新的「廬山導遊」。

新的「廬山導遊」當然應該異於舊的「廬山導遊」。改編之道，可以分三方面來說。第一是人選。《唐詩三百首》的編選，大致上是遵循儒家溫柔敦厚的批評觀，因此在意識上有背儒家正統而文字上又走偏鋒的詩人，就不容易入選。例如李賀的詩，杜牧以為無理，「遠去筆墨畦逕間」，朱熹又以為「怪得些子」，竟未能選入《唐詩三百首》，不能不說是遺憾。從現代的象徵主義、超現實主義和意象主義的觀點看來，李賀實在是一位很傑出的詩人。雖然我們還不能說李賀就是大詩人，可是任何一部唐詩選中，至少應該有他的幾首代表作。至少至少，我覺得，應該在〈李憑箜篌引〉、〈蘇小小歌〉、〈雁門太守行〉、〈夢天〉、〈金銅仙人辭漢歌〉、〈巫山高〉、〈北中寒〉、〈高軒過〉、〈神絃曲〉、〈將進酒〉、〈美人梳頭歌〉、〈官街鼓〉等等代表作之中，選出五六首來。另一方面，一些可有可無以片句隻詞傳世的作者，如杜荀鶴、張泌、顧況、劉方平等，似乎可以忍痛割愛了。

第二是作品選。《唐詩三百首》中，一些大家的名作，儘管萬古常新，餘味無窮，卻易給讀者一個幻覺，以為李白杜甫之美盡在此中。一部新的詩選，能就讀者熟悉的詩人，提出幾篇較不熟悉的傑作，常能給人一個驚喜，甚至能修正讀者對那些詩人所保持的，漸趨僵化的印象。每次在其他唐人選集中，讀到《唐詩三百首》未選的佳品，總會感到分外的喜悅。以李白為例，《唐詩三百首》共選他的五絕三首，可是「美人捲珠簾」和「玉階生白露」兩首，無論在主題和意境上，都頗相近，而「床前明月光」一首，實在也太通俗了。新的唐詩選中，何不刪去這三首而代以「眾鳥高飛盡」、「對酒不覺暝」和「天下傷心處」？至於七絕，似乎也可以改選「李白乘舟將欲行」、「峨眉山月半輪秋」、「問余何事棲碧山」、「蘭陵美酒鬱金香」，和「洞庭湖西秋月輝」等詩。原選的〈清平調〉三首，用典太多，格調不高，並不能代表謫仙那種空靈而超脫的境界。又如七古之中，《唐詩三百首》一口氣用了李頎的五首，其中三首都是摹狀音樂，也似乎重複了一點。

第三是年代順序。《唐詩三百首》是以詩體為分類標準。這種編法好處在容易熟悉各種體裁和各體的大家，缺點在不便透視史的發展。新的唐詩選不妨嘗試改以年代先後為序，而提供初、盛、中、晚發展的脈絡。這當然是一個很簡便的方式。另一種改編的方式，是以主題為區分的標準，例如入選的三百多首作品，可以分別排在詠史、羈愁、邊塞、田園、宮廷等項目之下，以便作專題性的比較研究。英美最流行的古典詩選，是派爾格瑞夫編的《金庫》（*The Golden Treasury*: edited by F.T. Palgrave）。派爾格瑞夫在初版的序言中，曾說他的編輯方式是首先將英詩分成莎士比亞、米爾頓、格瑞、華茲華斯四個時代，然後將每一時代的傑作依感情及主題的轉變妥為安排，務使整個效果近於莫札特交響曲諸樂章的發展。派爾格瑞夫的構想非常高超，可是一部詩選的讀者，在通常的情形下，是一首一首挑了念的，不會整章整部地讀下去。儘管如此，《金庫》的編選方式仍是值得我們注意的。

這部新的唐詩選，必須由一位現代詩人來編選，才有意義，因為這樣一件工作，意味著現代詩人既不是反傳統，也不是泥古，而是整理傳統，重塑傳統的形象。這件工作對於現代詩人們將是一個重大的考驗，因為反傳統云云，重認傳統云云，畢竟不是嚷嚷就能成事的。現代詩人如果面對傳統而茫然束手，則他對於傳統的態度，最多只能成為一種自欺欺人的姿態罷了。如何編選這樣一部詩集，如何提出一個新觀點來詮釋那些詩，如何寫一篇有分量有見地的序言等等，恐怕不是現代詩人所能逃避的責任吧。

其次，我們需要一本「現代詩詮釋」。這話似乎說來好笑，怎麼當代人的作品已經要詮釋了呢？現代詩的晦澀是眾所周知的現象，可是古典詩中，也不乏難懂的例子。「獨恨無人作鄭箋」之歎，可說無代無之。杜牧為李賀詩集作序，去賀不過十幾年，已經深感難為解人。即以風格平易的孟浩然為例，近人蕭繼宗先生在他的《孟浩然詩說》一書中，也偶有難以確切詮釋的句子。古代中國的文化，大致屬於同質（homogeneous）型；現代中國的文化，由於廣泛吸收西方文化，已漸趨異質（heterogeneous）型。以異質型文化為背景的文學作品，在觀念和意象的來源上，自然更為繁雜，而詮釋起來，自然也就更為困難。

一般讀者往往希望詩人能解釋自己的作品：例如某詩的創作動機何在，思想的背景為何，何以要取那樣一個題目，某些句子究作何解，某些意象有何象徵等等。在演講的場合，我就常常遇見這些問題。大致上，作家都不太願意解釋自己的作品，因為怕將它說「死」了，說「窄」了，會影響讀者欣賞的多般性和想像力的自由運用。例如佛洛斯特，便常常避免對自己的作品作正面的解釋。

鑑於現代詩的難懂和需要詮釋，美國維琴尼亞州瑪麗．華盛頓學院的四位文學教授，在一九四二年創辦了一個小雜誌，叫《詮釋者》（*The Explicator*），專門詮釋現代詩中較為難解的作品。開始的幾期，該刊的詮釋文章大半由發起的四個教授自己執筆，但是不久以後，投稿者漸漸增多，遂引起英語世界的廣泛注意。現在《詮釋者》已經改成月刊，編輯部愈益擴充，銷路也與日俱增。一九六六年該刊編輯將二十多年來發表的詮釋文章，選出最精采的一部分，以原作詩人姓名字母為序，印行了一部專書，也叫做《詮釋者》。該書最有趣的一點，是將同一首詩諸家不同的詮釋，並列在一起。例如佛洛斯特的〈不遠也不深〉一詩，便有柯爾賓、漢德瑞克斯、斐靈三人撰寫的詮釋，對該詩作面面觀。這種作法除了讓讀者在不同的詮釋中選擇他認為比較中肯的一種外，還可以昭示讀者，一首詩是可以作不同的詮釋的。《詮釋者》一書的另一個優點，是不同的批評家意見雖然相左，仍能就詩論詩，據理力爭之際，絕少流於意氣。這樣的一本書對於現代詩的貢獻，比在大學裡開一門課恐怕更大。

臺灣的現代詩對於青年一代的影響不能算小，可是，即使最熱心的讀者，在面對某些現代詩之際，仍不免有費解之歎。如果能將臺灣的現代詩選出一兩百首代表作來詳加詮釋，至少應該有下列的幾個作用：第一，對於有心欣賞而入門無術的讀者，這樣一本「現代詩詮釋」應該具有啟蒙之功；對於已經入門的讀者，也可以相互印證經驗，並增進興趣。第二，同一時代的批評家和學者所作的詮釋，照理應該最為親切可靠。與其留待後人的品評與揣測，何不當代予以體驗，加以研討？第三，現代詩的晦澀，最為時人詬病，如果真有這麼一本書能用足以服人的詮釋予以昭雪，當可使詬者口塞，疑者豁然。反之，如果一首詩註來解去都無法令人進入作者的世界，甚至原作者也無法自圓其說，則某一類的現代詩作者實在也應該好好反省反省了。

當然，目前文壇急需的書尚不止這些。除了上述的四部書以外，我們至少還需要一部不涉宗派意氣的「現代詩選」（所謂《七十年代詩選》實際不過是「創世紀詩選」），一部夠分量的「現代小說選」，和一部簡要而信實的「現代文藝運動史」。這些，只有留待將來再詳談了。

——五十七年十月

如何謀殺名作家？

一提起什麼名作家之流，沒有一個人不感到憤憤不平，甚至包括名作家自己。仇恨名作家，是仇恨名人的一個例子。這並不意味著，一般人對無名作家就沒有仇恨，只是一般人根本不知道無名作家是誰，要恨也無從恨起。結果，只剩下站在亮裡的那些人物，幾乎不要瞄準，就可以打中。這，乃是名作家的危機了。怪不得英文把攀龍附鳳叫做「獵獅子」（lion-hunting）。攀之附之，不受攀附，乃逐而獵之。動作不同，動機則一。不過名作家之為物，是再脆弱也不過的，就算他是所謂獅子，也不過是一隻紙糊的蹩腳獅子罷了。這種獅子，儘管毛髮儼然，也會不打自倒，連吼都不吼一聲。就算要打，也不必真用獵槍。事實上，要謀殺一位名作家，比什麼都容易。法律對於謀殺名作家——那就是說，只要你做得天衣無縫——並無明文禁止；就有，也不會比禁獵區的禁令更嚴格執行。何況對於名作家的敵意，可說是人同此心，只要你願意，立刻可以找到千百個同志，不，同謀。在這件事上，社會永遠是同情謀殺者的。據我所知，至少有下面這幾種人，願意和你合作。

第一是編輯。所謂編輯，天經地義，名正言順，是法定的獵獅人。他最嗜食的一道菜，是獅子腦髓。最有力的一件武器，是「截稿日期」。亮出這件兵器，沒有一頭獅子不魂飛魄散的。名作家的任何藉口，什麼靈感、直覺、情緒、健康、藝術良心等等，一旦面臨這件鐵的事實，立刻顯得幼稚可笑，提都別提。「截稿日期」這四個字，像一道符咒一樣，對文壇上的一切妖怪，都有點鎮邪的作用。任何編輯念起這道咒來，立刻威風凜凜，儼然道士，或者像位馴獸師。這武器尚有一些附件，可以增加它的殺傷力。「截稿日期」既定，還可以三日一個電話，五日一封限時信，搞得他神魂不定，不知道什麼時候會挨定時炸彈。因為聞電話鈴而心不驚，見限時紅條而眼不跳的高士，畢竟是少數。如果採菊尚未盈握，忽然夫人從窗內大聲說：「《作品》編輯又來電話了！」即使你是陶淵明，恐怕你也無心欣賞南山了吧。

蹩腳獅子既然這麼聽話，飼料當然可以從簡。別的物價可以比高，唯獨幾個刊物的稿價可以比低。徵稿啟事上可以說：「每千字自三十元至五十元。」事實上呢，每個作者都給五十元，使他們油然而生「比下有餘」之情，甚至感激涕零。事實上，這不過是把文化乞丐的飯碗分成九等罷了。最後，稿費單終於來了。握在手裡，又像「腦漿外流」（brain drain）的贖券，又像一張靈魂的當票，連一隻貓都餵不飽，何況一頭獅子？問題是貓有九條命，而獅子只有一條。有了編輯參加謀殺團的祕密組織，那條命真是危在旦夕了。

實際上，編輯的罪名是冤枉的，因為他充其量只是一名從犯，真正的主犯是他的老闆：報紙、期刊、叢書，和書店的老闆。這些人大半生就文化慈善家的風度，手中一幅文化遠景的大地圖，把屠獅的匕首裹得密不透風。在「圖窮匕首見」之前，他闊談中國文化前途的語氣，和眉宇間那一股先憂後樂，捨身餵虎，不，捨身餵獅的神情，令人不能不相信他就是文化界的救世主。光聽他的龐大計畫，連聯合國的文教科學組織都顯得寒酸，其周到的程度，似乎連你的身後事都已經有人料理了。不過，說大話的人照例用小錢。一旦談到版稅或版權費，他的文章就會急轉直下，說什麼看在中國文化的整個前途上，只好暫時讓你委屈一下。好像你不點頭，他的事業就將功虧一簣，你一點頭，中國文化就立刻開花結果。事實上，他的「暫時」就是「永久」。這類文化術語，必須事先研究清楚，才能避免嚴重的誤會。等到版權一脫手，原來的作者就像是親生母親，只能眼睜睜看養母虐待她的孩子；又像是離了婚的妻子，眼看孩子被強橫的丈夫奪去。有一次，剛賣了三十萬字巨著的一位名作家，對我泫然說：「算是領了一筆贍養費！以後是否按時支付，只有天曉得！」

　　不過，離了婚的「前妻」，據說大半命硬，一時是剋不死的。可是我們大可放心，因為「名作家謀殺團」的人才濟濟，不久他們會打出第三張王牌：文藝運動家。這一類人自己愛好戶外運動，尤其是團體遊戲，例如捉迷藏等等，所以無論是否同好，都愛邀來同樂。既然這種團體遊戲叫做文藝運動，獨缺作家，總是不太妥當。所以在這種同樂會上，居然也有作家的節目，也就不用大驚小怪了。如果說編輯和老闆意在「獵獅」，則運動家的興趣只在「戲獅」。在這種情形下，運動家真有點馴獸師甚至馬戲班主的氣概。在這種意義下，他手中最威嚴的鞭子，是「開會通知」。這條鞭影橫在文壇上空，哪一頭獅子不畏懼幾分？信封左上角赫然八個大字：「開會通知，提前拆閱」。明知凶多吉少，內容恐怖，但除非你是魏晉人物，誰敢不立刻放下手中的要事，真的提前拆閱？開會的前幾天，已經覺得有一片陰影向你伸來。健忘型的天才，每天吃過早飯，更不敢不將大小通知抽出來詳讀一遍，企圖記住前前後後的日期。到了開會那天，他果然按時赴會。「我不去會場，誰去會場？」那種情操，真有點從容赴義的意味。到了會場，主席照例宣佈，今天的同樂會節目，和上次的完全一樣，和下次的也不會有什麼不同：仍舊是「捉繆思」。結果當然是白捉一場。如果繆思有一個地方絕對不去，那就是開會的地方；如果繆思有一種男人絕對不嫁，那就是開會的男人。

另一種運動家是文藝社團的主持人。他的任務是叫獅子表演，也就是舞獅子的意思。只要能驅出一頭獅子，只要那獅子鬚鬣蓬葆，也就夠了，誰管牠是真獅子還是「紈袴獅子」（dandelion）呢？把詩人介紹成小說家，把他的一本譯書介紹成創作，是這類空心運動家的典型開場白。經過這麼一番「創造的介紹」之後，即使是一頭重磅的實心獅子，也會變成空心獅子了。而無論是空心獅子或實心獅子，上了講臺，誰能立在那裡不吼呢？所以吼吧獅子，舞吧獅子。問題是，吼什麼呢？吼曠野的寂寞，叢林的幽深？還是動物園的委屈，馬戲班的痛苦？那未免太殺風景。說得太深，容易「獅心自用」，使臺下人面面茫然。說得太淺，遷就了臺下的「低眉人士」（the lowbrow），會使「高眉人士」失望，而自己也覺得不像獅話。事實上，臺下人還是趕來看獅子的多，只要臺上人能像米高梅的片頭那樣吼上兩聲，已夠他們以後的談助。

除非是表現慾特別強，可以說很少名作家願意以口代筆，登臺演講的。見面不如聞名，開口不如閉口，這種例子太多太多。實際上，一位作家的全部菁華，已經收在他的作品之中。他的出版品不但是他的創作，也是他不落言詮的理論。可是文藝運動家是不會放過他的，於是任稿紙變為荒田，名作家席不暇煖，整天在會議室、講臺、電臺之間奔走，招之即來，像文壇上的一輛計程車，任何人都可以搭乘，任何人都不必付錢。在一個叫錢做「阿堵物」的文明古國，看戲要買票，飲酒要付賬，只有聽演講永遠是免費。這當然是一件雅事，表示文化無價，只是一個月要登臺幾次的枵腹獅子受盡了雅罪。一人受罪，眾人風雅，倒也罷了。有時連車費都要自付。所謂「獅子大開口」，真是冤枉好人，因為真的獅子啟齒為難，遑論大開其口？美國當代詩人羅威爾（Robert Lowell）演講一次，少則二百五十元，多則千金。這樣的待遇，對於我們的這些空心獅子、蹩腳獅子、免費獅子、自備便當獅子，只能聊充神話，聽聽罷了。

可是獅子的危機尚不止此，因為在聽眾之外，尚有為數更多的讀者。那麼多的讀者之中，只要有十分之一，不，百分之一喜歡寫信給作家，則作家寫作的時間，只好用來寫信了。據說胡適晚年，連小學生問瑣事的信，也要一一詳覆。在某方面說來，這種精神當然是偉大的，但對於寫作的生命，不能不說是純然的浪費。一個人如果不想競選議員，或者贏得

「最佳人緣獎」，則他應該盡量節省郵票。王爾德有一次對韓黎說：「我知道有好些人，滿懷光明的遠景來到倫敦，但是幾個月後就整個崩潰了，因為他們有回信的習慣。」回信誠然是一個壞習慣，但是它像吸菸一樣，也不是容易戒絕的。一封未回的信，等於暗中一隻向你控訴的手指，會令人神經緊張，心臟衰弱。如果你朦朦朧朧意識到暗中經常有幾十隻這樣的食指，指向你的背心，則你的不安，就像幾十枚炸彈在你身邊著地，而竟然都沒有爆炸一樣。這時，除非你天生是王爾德，或是連小便也可以忍住不起床的嵇康，沒有人能憋住氣不回信的。所以，願意參加「名作家謀殺團」的讀者，儘管寫信好了：回信，可以剝奪他的時間，不回信，可以鞭打他的良心，無論如何，對於謀殺名作家，總是有貢獻的。

如果編輯、老闆、運動家等等對名作家進行的謀殺計畫是合法的，則海盜的公然橫行，應該是違法的了。可是我們的法律對於後者是寬恕的，寬恕到近乎默許的程度。如果偷書不罪，謂之雅賊，則盜印當然也無罪，可以謂之雅盜，因為只要與文化有關，就可以贏得雅名。於是我們這「金銀島」，成了海盜的安樂窩，取之無盡，用之不竭。除了整部書的盜印之外，免費的轉載，不得同意的選列（unauthorized anthologizing），自由的引錄，厚顏的竊據等等，都是海盜們活動的節目。至於一篇作品可以任意播誦，一首詩可以任意譜曲，一部小說可以任意編劇，一篇譯文可以任意刪去原作者的名字等等，足以證明海盜的活動範圍，並不限於下流社會。有了這麼一支強大的援兵，「名作家謀殺團」的聲勢自然驚人。

可是謀殺團中最危險的分子，仍是那些職業凶手。他們的學名叫做「批評家」，那當然是很神氣的一種頭銜。批評家和作家之間的宿仇，可以追溯到公元以前，其間榮辱互見，可是一直到現在，誰也沒有把對方殺死。事實上，沒有批評家，作家一樣可以活下去，而且活得快樂些；批評家雖然揚言要置作家於死地，但是一旦作家滅了種，批評家的假想敵不再存在，就會面臨失業的困境。所以作家一方面是他名義上的敵人，另一方面又是他實際上的恩人，難怪他恨得更深。在西方，批評家（critic）一詞源出希臘文的「法官」。但在中文裡，「批評」從「手」從「言」，潛意識裡，似乎鼓勵批評家動口復動手。怪不得我們目前的批評，很有一點「戰鬥文藝」的精神。也怪不得，只要在名作家之中找到一個嫌疑犯，所有批評家立刻呼嘯而至，不審不問，不用證人，就可以將他高高懸在吊人樹上。這種三K黨的私刑作風，和「法官」的原意，正好相反。

編輯、老闆、運動家、讀者、海盜、批評家：動員了這麼多刺客，這麼多狂熱的謀殺專家，使用了這麼多武器，這麼多的謀殺方式，在整個文明社會的合作之下，龐大的「名作家謀殺團」已經工作了好幾十年。成績是可觀的。因為名作家，生活在死亡陰影裡的那頭空心獅子，蹩腳獅子，七折八扣甚至免費照相的獅子，已經奄奄一息了。眼看獅子就要死去，不禁暗暗為文學的前途慶幸。不過同時我似乎又有一個疑問：獅子斷氣的時候，是否也就是「名作家謀殺團」解散之日？因為到那時候，編輯向誰去催稿，老闆向誰去殺價，運動家趕誰去運動，讀者向誰去冷戰，海盜向誰去打劫，批評家對誰用私刑？到那時，埋葬在作家公墓裡的，恐怕不僅是該死的作家吧？

——五十七年十一月十五日

論夭亡

「一死生為虛誕，齊彭殤為妄作。」夢蝶人的境界，渺渺茫茫，王羲之尚且不能喻之於懷，何況魏晉已遠，二十世紀的我們。為壽為夭，本來不由我們自己決定。自歷史看來，夭者不過「早走一步」[1]，但這一步是從生到死，所以對於早走這麼一步的人，我們最容易動悲憫之情。就在前幾天，去弔這麼一位夭亡的朋友，本來並不準備掉淚，但是目送柩車載走他的薄棺，頓然感到天地寂寞，日月無聊，眼睛已經潮濕。盛筵方酣，有一位來賓忽然要早走，大家可能怪他無禮，而對於一位夭者，我們不但不怪他，反而要為他感傷，原因是他

1 所謂「早走一步」，是梁實秋先生諧語。《雅舍小品》筆法，不敢掠美，附誌於此。

這一走，不但永不回來，而且也不會再聽見他的消息了。

不過，夭亡也不是全無好處的。老與死，是人生的兩大恐懼，但是夭者至少免於其一。雖說智慧隨老年俱來，但體貌衰於下的那種痛苦和死亡日近的那種自覺，恐怕不是智慧所能補償的吧。夭者在「陽壽」上雖然吃了一點虧，至少他免了老這一劫。不僅如此，在後人的記憶或想像之中，他永遠是年輕的。壽登耆耋的人，當然也曾經年輕過，只是在後人的憶念之中，總是以老邁的姿態出現。至少在我的印象裡，佛洛斯特總是一位老頭子。可是想起雪萊的時候，我似乎總是看到一位英姿勃發的青年，因為他從來沒有老過，即使我努力要想像一個龍鍾的雪萊，也無從想像起。事實上，以「冥壽」而言，雪萊至少比佛洛斯特老八十多歲，也就是說，做後者的曾祖父都有餘。可是在我們心中，雪萊是青年，佛洛斯特是老叟。

那是因為死亡，奇異而神祕的雕刻家，只是永恆的一個助手。在他神奇的一觸下，年輕的永遠是年輕，年老的永遠是年老。儘管最後凡人必死，但王勃死後一直年輕，一直年輕了一千多年，而且以後，無論歷史延伸到多久，他再也不會變老了。白居易就不同，因為他已經老了一千多年，而且將永遠老下去，在後人的心中。就王勃而言，以生前的數十年換取身後千年，萬年，億萬年的年輕形象，實在不能算是不幸。所以死亡不但決定死，也決定生的形象；而夭亡，究竟是幸，是不幸，或是不幸中之大幸，恐怕不是常人所能決定的吧？

——五十七年十一月十七日

翻譯和創作

希臘神話的九繆思之中，竟無一位專司翻譯，真是令人不平。翻譯之為藝術，應該可以取代司天文的第九位繆思尤瑞尼亞（Urania）；至少至少，也應該稱為第十位繆思吧。對於翻譯的低估，不獨古希臘人為然，今人亦復如此。一般刊物譯文的稿酬，往往低於創作；教育部審查大學教師的學力，只接受論著，不承認翻譯；一般文藝性質的獎金和榮譽，也很少為翻譯家而設。這些現象說明了今日的文壇和學界如何低估翻譯。

流行觀念的錯誤，在於視翻譯為創作的反義詞。事實上，創作的反義詞是模仿，甚或抄襲，而不是翻譯。流行的觀念，總以為所謂翻譯也者，不過是逐字逐詞地換成另一種文字，就像解電文的密碼一般；不然就像演算代數習題一般，用文字去代表數字就行了。如果翻譯真像那麼科學化，則一部詳盡的外文字典就可以取代一位翻譯家了。可是翻譯，我是指文學性質的，尤其是詩的翻譯，不折不扣是一門藝術。也許我們應該採用其他的名詞，例如「傳真」，來代替「翻譯」這兩個字。真有靈感的譯文，像投胎重生的靈魂一般，令人覺得是一種「再創造」。直譯，甚至硬譯、死譯，充其量只能成為剝製的標本：一根羽毛也不少，可惜是一隻死鳥，徒有形貌，沒有飛翔。詩人齊阿地認為，從一種文字到另一種文字的翻譯，很像從一種樂器到另一種樂器的變調（transposition）：四弦的提琴雖然拉不出八十八鍵大鋼琴的聲音，但那種旋律的精神多少可以傳達過來。[1]龐德的好多翻譯，與其稱為翻譯，不如稱為「改寫」、「重組」，或是「剽竊的創造」[2]；艾略特甚至厚顏宣稱龐德「發明了中國詩」。這當然是英雄欺人，不足為訓，但某些詩人「寓創造於翻譯」的意圖，是昭然可見的。

假李白之名，抒龐德之情，這種偷天換日式的「意譯」，我非常不贊成。可是翻譯之為藝術，其中果真沒有創作的成分嗎？翻譯和創作這兩種心智活動，究竟有哪些相似之處呢？嚴格地說，翻譯的心智活動過程之中，無法完全免於創作。例如原文之中出現了一個涵義曖昧但暗示性極強的字或詞，一位有修養的譯者，沉吟之際，常會想到兩種或更多的可能譯法，其中的一種以音調勝，另一種以意象勝，而偏偏第三種譯法似乎在意義上更接近原文，可惜音調太低沉。面臨這樣的選擇，一位譯者必須斟酌上下文的需要，且依賴他敏銳的直覺。這種情形，已經頗接近創作者的處境了。根據我創作十多年的經驗，在寫詩的時候，每每心中湧起一個意念，而表達它的方式可能有三種：第一種念起來宏亮，第二種意象生動，第三種則意義最為貼切。這時作者同樣面臨微妙的選擇，他同樣必須照顧上下文，且乞援於自己的直覺。例如傑佛斯（Robinson Jeffers）的詩句[3]：

……by the shore of seals while the wings
Weave like a web in the air
Divinely superfluous beauty.

1 *Translato's Note: The Inferno*, tr. by John Ciardi（Mentor books, 1954）
2 請參閱拙著《英美現代詩選》（九歌，二〇一七）二四九頁。
3 摘自"Divinely Superfluous Beauty"。全詩譯文見《英美現代詩選》二六七—二六八頁。

我可以譯成下面的兩種方式：

①……在多海豹的岸邊，許多翅膀
像織一張網那樣在空中編織
充溢得多麼神聖的那種美。

②……瀕此海豹之濱，而鷗翼
在空際如織網然織起
聖哉充溢之美。

第一種方式比較口語化，但是費辭而鬆懈；第二種方式比較文言化，但是精練而緊湊。結果我以第二種方式譯出。但是有些詩語俚而聲亢，用文言句法譯出，就不夠意思。下面傑佛斯的另一段詩[4]，我就用粗獷的語調來對付了：

"Keep clear of the dupes that talk democracy

And the dogs that bark revolution,
Drunk with talk, liars and believers.
I believe in my tusks.
Long live freedom and damn the ideologies,"
Said the gamey black-maned wild boar
Tusking the turf on Mal Paso Mountain.

「管他什麼高談民主的笨蛋，
什麼狂吠革命的惡狗，
談昏了頭啦，這些騙子和信徒。
我只信自己的長牙。

4 摘自"The Stars Go Over The Lonely Ocean"，全詩譯文見《英美現代詩選》二七五—二七六頁。傑佛斯的詩在哲學的觀念上屬於尼采，所以對民主與革命均不信任，寧效野豬遁世自高。

自由萬歲，他娘的意識形態，」
黑鬣的野豬真有種，他這麼說，
一面用長牙挑毛巴索山的草皮。

用字遣詞需要選擇，字句次序的排列又何獨不然？艾略特〈三智士朝聖行〉中的句子：

A hard time we had of it.

很不容易譯成中文。可能的譯法，據我看來，有下列幾種：

①我們有過一段艱苦的時間。
②我們經歷過多少困苦。
③我們真吃夠了苦頭。
④苦頭，我們真吃夠。

如果不太講究字句的次序，則前三種譯法，任用一種，似乎也可以敷衍過去了。可是原文只有七字，不但字面單純，而且還有三個所謂「虛字」。相形之下，一、二兩句不但太冗長，而且在用字上，例如「艱苦」、「經歷」、「困苦」等，也顯得太「文」了一點。第三句是短些，可是和前兩句有一個共同的缺點：語法不合。艾略特的原文是倒裝語法：詩人將a hard time置於句首，用意顯然在強調三智士雪中跋涉之苦。前三種中譯都是順敘句，所以不合。第四句中譯就比較接近原文了，因為它字少（正巧也是七個字），詞俚，而且也是倒裝。表面上，第一種譯法似乎最「忠實」，可是實際上，第四種卻最「傳真」。如果我們還要照顧上下文的話，就會發現，上面這句原文實際上是響應同詩的第一行：

A cold coming we had of it.[5]

5 艾略特這兩行詩均摘自"Journey of the Magi"，全詩譯文見《英美現代詩選》二九六—二九八頁。這兩行詩所以倒裝，是因為艾略特引用了英國神學家Lancelot Andrewes以耶誕為題的證道詞"A cold coming they had of it……"而改為第一人稱口吻。

可見艾略特是有意用兩個倒裝句子來互相呼應的。因此我們更有理由在譯文中講究字句的次序了。所謂「最佳字句排最佳次序」的要求，不但可以用於創作，抑且必須期之翻譯。這樣看來，翻譯也是一種創作，至少是一種「有限的創作」。同樣，創作也可以視為一種「不拘的翻譯」或「自我的翻譯」。在這種意義下，作家在創作時，可以說是將自己的經驗「翻譯」成文字。（讀者欣賞那篇作品，過程恰恰相反，是將文字「翻譯」回去，還原成經驗。）不過這種「翻譯」，和譯者所做的翻譯，頗不相同。譯者在翻譯時，也要將一種經驗變成文字，但那種經驗已經有人轉化成文字，而文字化了的經驗已經具有清晰的面貌和確定的涵義[6]，不容譯者擅加變更。譯者的創造性所以有限，是因為一方面他要將那種精確的經驗「傳真」過來，另一方面，在可能的範圍內，還要保留那種經驗賴以表現的原文。這種心智活動，似乎比創作更繁複些。前文曾說，所謂創作是將自己的經驗「翻譯」成文字。可是這種「翻譯」並無已經確定的「原文」為本，因為在這裡，「翻譯」的過程，是一種雖甚強烈但渾沌而游移的經驗，透過作者的匠心，接受選擇，修正，重組，甚或蛻變的過程。也可以說，這樣子的「翻譯」是一面改一面譯的，而且，最奇怪的是，一直要到「譯」完，才會看見整個「原文」。這和真正的譯者一開始就面對一清二楚的原文，當然不同。以下讓我用很單純的圖解，來說明這種關係：

經驗→文字
（創作）

文字→經驗
（欣賞）

文字=經驗？
（批評）

經驗→原文
↘　↙
譯文
（翻譯）

●

翻譯和創作在本質上的異同，略如上述。這裡再容我略述兩者相互的影響。在普通的情形下，兩者相互間的影響是極其重大的。我的意思是指文體而言。一位作家如果兼事翻譯，則他的譯文體，多多少少會受自己原來創作文體的影響。反之，一位作家如果在某類譯文中沉浸日久，則他的文體也不免要接受那種譯文體的影響。

6 這和修辭中的ambiguity或irony等等無關。

張健先生在論及《英美現代詩選》時曾說：「一般說來，詩人而兼事譯詩，往往將別人的詩譯成頗具自我格調的東西。」[7]這當然是常見的現象。由於我自己寫詩時好用一些文言句法，這種句法不免也出現在我的譯文之中。例如「聖哉充溢之美」篇末那幾行的語法，換了「國語派」的譯者，就絕對不會那樣譯的。至少胡適不會那樣譯。這就使我想起，他曾經用通暢的白話譯過丁尼生的《猶力西斯》的一部分。胡適的譯文素來明快清暢，一如其文，可是用五四體的白話去譯丁尼生那種古拙的無韻體，其事倍功半的窘困，正如蘇曼殊企圖用五言排律去譯拜倫那篇激越慷慨的〈哀希臘〉。其實這種現象在西方也很普遍。例如荷馬那種「噹叮叮」的敲打式「一長二短六步格」，到了十八世紀文質彬彬的頗普筆下，就變成了頗普的拿手詩體「英雄偶句」，而叱吒古戰場上的英雄，也就馴成了坐在客廳裡雅談的紳士了。另一個生動的例子是龐德。艾略特說他「發明」了中國詩，真是一點不錯。清雅的中國古典詩，一到他的筆底，都有點意象派那種自由詩白描的調調兒。這就有點像個「性格演員」，無論演什麼角色，都脫不了自己的味道。艾略特曾強調詩應「無我」[8]，這話我不一定贊成，可是擬持以轉贈他的師兄龐德，因為理想的譯詩之中，最好是不見譯者之「我」的。在演技上，理想的譯者應該是「千面人」，不是「性格演員」。

另一方面，創作當然也免不了受翻譯的影響。一六一一年欽定本的《聖經》英譯，對於後來英國散文的影響，至為重大。中世紀歐洲的文學，幾乎成為翻譯的天下。說到我自己的經驗，十幾年前，應林以亮先生之邀為《美國詩選》譯狄瑾蓀作品的那一段時間，我自己寫的詩竟也採用起狄瑾蓀那種歌謠體來。及至前年初，因為翻譯葉慈的詩，也著實影響了自己作品的風格。我們幾乎可以武斷地說，沒有翻譯，五四的新文學不可能發生，至少不會像那樣發展下來。西洋文學的翻譯，對中國新文學的發展，大致上可說功多於過，可是它對於我國創作的不良後果，也是不容低估的。

翻譯原是一種「必要之惡」，一種無可奈何的代用品。好的翻譯已經不能充分表現原作，壞的翻譯在曲解原作之餘，往往還會腐蝕本國文學的文體。三流以下的作家，或是初習創作的青年，對於那些生硬，拙劣，甚至不通的「翻譯體」，往往沒有抗拒的能力，濡染既

7 見五十七年九月十四日《中國時報．人間副刊》汶津的專欄文章：〈簡介三本英美譯叢〉。

8 impersonality：艾略特主張詩人應泯滅自我以遷就詩之主題，也就是說，應該擺脫自我而進入事物之中心。此說實與濟慈致Woodhouse信中所云"A poet is the most unpoetical of anything in existence; because he has no Identity."不謀而合。反浪漫的大師，在詩的理論上竟與浪漫詩人如此接近，真是一大irony了！

久，自己的「創作」就會向這種翻譯體看齊。事實上，這種翻譯體已經氾濫於我國的文化界了。在報紙、電視、廣播等等大眾傳播工具的圍襲下，對優美中文特具敏感的人，每天真不知道要忍受這種翻譯體多少次虐待！下面我要指出，這種翻譯體為害我們的創作，已經到了什麼程度。

●

正如我前文所言，翻譯，尤其是文學的翻譯，是一種藝術，變化之妙存乎一心。以英文譯中文為例，兩種文字在形、音、文法、修辭、思考習慣、美感經驗、文化背景上既如此相異，字、詞、句之間就很少現成的對譯法則可循。因此一切好的翻譯，猶如衣服，都應是訂做的，而不是現成的。要買現成的翻譯，字典裡有的是；可是字典是死的，而譯者是活的。用一部字典來對付左列例子中的sweet一字，顯然不成問題：

① a sweet smile

② a sweet flower

③ Candy is sweet.

但是，遇到下面的例子，任何字典都幫不了忙的：

④ sweet Swan of Avon

⑤ How sweet of you to say so!

⑥ sweets to the sweet

⑦ sweet smell of success

有的英文詩句，妙處全在它獨特的文法關係，要用沒有這種文法的中文來翻譯，幾乎全不可能。

① To the glory that was Greece

And the grandeur that was Rome.

② Not a breath of the time that has been hovers
In the air now soft with a summer to be.

③ The sky was stars all over it.

④ In the final direction of the elementary town
I advance for as long as forever is.[9]

以第二段為例，the time that has been當然可以勉強譯成「已逝的時間」或「往昔」，a summer to be也不妨譯成「即將來臨的夏天」；只是這樣一來，原文文法那種圓融空靈之感就全坐實了，顯得多麼死心眼！

不過譯詩在一切翻譯之中，原是最高的一層境界，我們何忍苛求。我要追究的，毋寧是散文的翻譯，因為在目前的文壇上，惡劣的散文翻譯正在腐蝕散文的創作，如果有心人不及時加以當頭棒喝，則終有一天，這種非驢非馬不中不西的「譯文體」，真會淹沒了優美的中文！這種譯文體最大的毛病，是公式化，也就是說，這類的譯者相信，甲文字中的某字或某詞，在乙文字中恆有天造地設恰巧等在那裡的一個「全等語」。如果翻譯像作媒，則此輩媒人不知道造成了多少怨偶。

就以英文的when一字為例。公式化了的譯文體中，千篇一律，在近似反射作用（reflex）的情形下，總是用「當……的時候」一代就代了上去。

①當他看見我回來的時候，他就向我奔來。

②當他聽見這消息的時候，他臉上有什麼表情？

兩個例句中「當……的時候」的公式，都是畫蛇添足。第一句大可簡化為「看見我回來，他就向我奔來。」第二句也可以淨化成「聽見這消息，他臉上有什麼表情？」流行的翻譯體

9 第一段摘自"To Helen":by Poe；第二段摘自"A Forsaken Garden":by A. C. Swinburne；第三段摘自"The Song of Honour": by Ralph Hodgson；末段摘自"Twenty-four years": by Dylan Thomas。

就是這樣：用多餘的字句表達含混的思想。遇見繁複一點的副詞子句，有時甚至會出現「當他轉過身來看見我手裡握著那根上面刻著瑪麗・布朗的名字的舊釣魚竿的時候……」這樣的怪句。在此地，「當……的時候」非但多餘，抑且在中間夾了那一長串字後，兩頭遠得簡直要害相思。「當……的時候」所以僵化成為公式，是因為粗心的譯者用它來應付一切的when子句，例如：

①當他自己的妻子都勸不動他的時候，你怎麼能勸得動他呢？
②米爾頓正在意大利遊歷，當國內傳來內戰的消息。
③當他洗完了頭髮的時候，叫他來找我。
④當你在羅馬的時候，像羅馬人那樣做。

其實這種場合，譯者如能稍加思索，就應該知道如何用別的字眼來表達。上列四句，如像下列那樣修正，意思當更明顯：

①連自己的妻子都勸他不動，你怎麼勸得動他？

②米爾頓正在意大利遊歷，國內忽然傳來內戰的消息。

③他洗完頭之後，叫他來找我。

④既來羅馬，就跟羅馬人學。

公式化的翻譯體，既然見when就「當」，五步一當，十步一當，噹噹之聲，遂不絕於耳了。如果你留心聽電視和廣播，或者閱覽報紙的國外消息版，就會發現這種莫須有的噹噹之災，正嚴重地威脅美好中文的節奏。曹雪芹寫了那麼大一部小說，並不缺這麼一個當字。今日我們的小說家一搖筆，就搖出幾個當來，正說明這種翻譯體有多猖獗。

當之為禍，略如上述。其他的無妄之災，由這種翻譯體傳來中文裡的，為數尚多，無法一一詳述。例如if一字，在不同的場合，可以譯成「假使」、「倘若」、「要是」、「果真」、「萬一」等等，但是在公式化的翻譯體中，它永遠是「如果」。又如and一字，往往應該譯成「並且」、「而且」或「又」，但在翻譯體中，常用「和」字一代了事。

In the park we danced and sang.

這樣一句，有人竟會譯成「在公園裡我們跳舞和唱歌」。影響所及，這種用法已漸漸出現在創作的散文中了。

翻譯體公式化的另一表現，是見ly就「地」。於是「慢慢地走」、「悄悄地說」、「隆隆地滾下」、「不知不覺地就看完了」等語，大量出現在翻譯和創作之中。事實上，上面四例之中的「地」字，都是多餘的。事實上，中文的許多疊字，例如「漸漸」、「徐徐」、「淡淡」、「悠悠」，本身已經是副詞，何待加「地」始行？有人辯稱，加了比較好念，念來比較好聽。也就罷了。最糟的是，此輩譯者見ly就「地」，竟會「地」到文言的副詞上去。結果是產生了一批像「茫然地」、「突然地」、「欣然地」、「憤然地」、「漠然地」之類的怪詞。所謂「然」，本來就是文言副詞的尾語。因此「突然」原就等於英文的suddenly，「然」之不足，更附以「地」，在理論上說來，就像說suddenlyly一樣可笑。事實上，說「他終於憤然走開」，不但意完神足，抑且琅琅上口，何苦要加一個「地」字？

翻譯體中，還有一些令人目迷心煩的字眼，如能慎用，少用，或乾脆不用，讀者就有福了。例如「所」字，就是如此。「我所能想到的，只有這些」；在這裡「所」是多餘的。「他所做過的事情，都失敗了。」不要「所」，不是更乾淨嗎？至於「他所能從那扇門裡竊聽到的耳語」，更不像話，不像中國話了。目前的譯文和作品之中，「所」來「所」去的那麼多「所」，可以說，很少是「用得其所」的。另一個流行的例子，是「關於」或「有關」。翻譯體中，屢見「我今天上午聽到一個有關聯合國的消息」之類的劣句。這顯然是受了英文about或concerning等的影響。如果改為「我今天上午聽到聯合國的一個消息」，不是更乾淨可解嗎？事實上，在日常談話中，我們只會說「你有他的資料嗎？」不會說「你有關於他的資料嗎？」

翻譯體中，「一個有關聯合國的消息」之類的所謂「組合式詞結」，屢見不鮮，實在彆扭。其尤嚴重者，有時會變成「一個矮小的看起來已經五十多歲而實際年齡不過四十歲的女人」，或者「任何在下雨的日子騎馬經過他店門口的陌生人」。兩者的毛病，都是形容詞和它所形容的名詞之間，距離太遠，因而脫了節。「一個矮小的」和「女人」之間，夾了二十個字。「任何」和「陌生人」之間，也隔了長達十五字的一個形容子句。令人看到後面，已經忘了前面，這種夾纏的句法，總是不妥。如果改成「看起來已經五十多歲而實際年齡不過四十歲的一個矮小女人」，或者「下雨的日子騎馬經過他店門口的任何陌生人」[10]，就會清楚得多，語氣上也不至於那麼緊促了。

公式化的翻譯體還有一個大毛病，那就是：不能消化被動語氣。英文的被動語氣，無疑是多於中文。在微妙而含蓄的場合，來一個被動語氣，避重就輕地放過了真正的主詞，正是英文的一個長處。

① Man never is, but always to be blessed.

② Strange voices were heard whispering a stranger name.

第一句中blessed真正的主詞應指上帝，好就好在不用點明。第二句中，究竟是誰聽見那怪聲？不說清楚，更增神祕與恐怖之感。凡此皆是被動語氣之妙。可是被動語氣用在中文裡，就有消化不良之虞。古文古詩之中，不是沒有被動語氣：「顛倒不自知，直為神所玩」，後一句顯然是被動語氣。「不覺青林沒晚潮」一句，「沒」字又像被動，又像主動，曖昧得有趣。被動與否，古人顯然並不煩心。到了翻譯體中，一經英文文法點明，被動語氣遂蠢蠢不安起來。「被」字成為一隻跳蚤，咬得所有動詞癢癢難受。「他被警告，莎莉有梅毒」；「威廉有一顆被折磨的良心」；「他是被她所深深地喜愛著」；「鮑士威爾主要被記憶為一個傳記家」；「我被這個發現弄得失眠了」；「當那隻狗被餓得死去活來的時候，我也被一種悲哀所襲擊」；「最後，酒被喝光了，菜也被吃完了」；這樣子的惡譯、怪譯，不但流行於翻譯體中，甚至有侵害創作之勢。事實上，在許多場合，中文的被動態是無須點明的。「菜吃光了」，誰都聽得懂。改成「菜被吃光了」簡直可笑。當然，「菜被你寶貝兒子吃光了」，情形又不相同。事實上，中文的句子，常有被動其實主動其形的情形：「飯吃過沒有？」、「手洗好了吧？」、「書還沒看完」、「稿子才寫了一半」，都是有趣的例子。但是公式化的譯者，一見被動語氣，照例不假思索，就安上一個「被」字，完全不想

10 為簡潔起見，這兩句譯文還可以改為「看來已經五十多歲而實際不過四十歲的一個矮小女人」，和「下雨天騎馬經過他店門的任何陌生人」。事實上，在正常的中文裡，這樣的兩句大概會寫成「一個矮小的女人，看來已經五十多而實際不過四十歲」和「任何陌生人下雨天騎馬經過他店門，（都會看見他撐把雨傘站在門前……）」。後者和「下雨天騎馬經過他店門的任何陌生人，都會看見他撐把雨傘站在門前……」意思完全相同，但是語法自然時多了。公式化的翻譯體方便了譯者個人（？）但是難為了千百讀者。好的翻譯則恰恰相反。

到，即使要點明被動，也還有「給」、「挨」、「遭」、「教」、「讓」、「為」、「任」等字可以酌用，不必處處派「被」。在更多的場合，我們大可將原文的被動態，改成主動，或不露形跡的被動。前引英文例句的第二句，與其譯成不倫不類的什麼「奇怪的聲音被聽見耳語著一個更奇怪的名字」，何不譯成下列之一：

①可聞怪聲低語一個更怪的名字。

②或聞怪聲低喚更其怪誕之名。

③聽得見有一些怪聲低語著一個更怪的名字。

同樣，與其說「他被警告，莎莉有梅毒」，何如說「他聽人警告說，莎莉有梅毒」或「人家警告他說，莎莉有梅毒」？與其說「我被這個發現弄得失眠了」何如說「我因為這個發現而失眠了」或「我因為發現這事情而失眠了」？

公式化的翻譯體，毛病當然不止這些。一口氣長達四五十字，中間不加標點的句子；消化不良的子句；頭重腳輕的修飾語；畫蛇添足的所有格代名詞；生澀含混的文理；以及毫無節奏感的語氣；這些都是翻譯體中信手拈來的毛病。所以造成這種種現象，譯者的外文程度不濟，固然是一大原因，但是中文周轉不靈，辭彙貧乏，句型單調，首尾不能兼顧的苦衷，恐怕要負另一半責任。至於文學修養的較高境界，對於公式化的翻譯，一時尚屬奢望。我必須再說一遍：翻譯，也是一種創作，一種「有限的創作」。譯者不必兼為作家，但是心中不能不瞭然於創作的某些原理，手中也不能沒有一枝作家的筆。[11] 公式化的翻譯體，如果不能及時改善，遲早總會危及抵抗力薄弱的所有「作家」。喧賓奪主之勢萬一形成，中國文學的前途就不堪聞問了。

——五十八年元月二十四日

11 我這種六十五分的要求，比起「唯詩人可以譯詩」的要求來，已經寬大多了。

所謂國際聲譽

近年來，頗有一些作家，對於所謂「國際聲譽」，顯得非常神往。在這種風氣之下，果真中國能產生一位諾貝爾文學獎得主，當然也不是一件壞事。葉夢得《避暑錄話》記載：「嘗見一西夏歸朝官云：『凡有井水處，即能歌柳詞。』」可以想見，柳永在當時確然「頗享國際聲譽」。二十世紀最具國際聲譽的中國詩人，恐怕是白居易了。可是今之國際聲譽和古之國際聲譽至少有一點不同：那就是，前者必須賴翻譯以播。翻譯，原來是文化「交流」的有效方式，但是在我們，翻譯似乎成了「單行道」，呈嚴重的入超現象。在唐宋，我們是「上國」，國家的優勢形成語文的優勢。在現代的國際情勢中，這樣的優越性久已動搖。中國文學之西譯，比起西洋文學之漢譯，恐怕還不到十分之一，何況西譯的中國文學之中，歷史悠長的古典文學更占了多數。因此，當今不少作家，在追求如是渺茫的國際聲譽之餘，只有「望洋」興歎了。

藝術家和音樂家的條件顯然有利得多，因為他們說的是一種好聽的「國際語」，沒有翻譯的問題。同為北宋文藝的大師，在這方面，米芾和蘇軾的處境就大不相同。對於西方人士，要欣賞米芾畢竟比親炙蘇軾方便得多了。一幅翻印得不太好的「春山瑞松圖」，比起翻譯得最好的「山色空濛雨亦奇」來，仍然接近原作多多。文學的不便輸出有如是者。在文學各部門中，又以詩最為不便。無論如何，經過翻譯之後，一篇小說所保存的原貌，比一首詩總要多些。

相形之下，西方的詩人似乎又比東方的運氣好些。東方學者通一種西方文學的，比起通一種東方文學的西方學者，不知要多出好多倍。莎士比亞在中國已有好幾種譯本，比起來，湯顯祖在英國冷落得多了。泰戈爾要寫英文，川端康成要賴英譯，才能獲得諾貝爾獎。從吉普林到史坦貝克，英美的作家只要寫好自己的國文，同時也只要在本國成了名，就等於已經具有國際聲譽。英美之間，相互形成國際，那情形，正如愛爾蘭和英國之間一樣。像佛洛斯特和艾略特成名於英國，而英國的奧登和狄倫·湯默斯揚名於美國，都是常見的例子。也有不少作家，一時不得意於本國的文壇，反而先揚名於海外，然後為國人所追認的，那畢竟是例外，且不免有點辛酸的意味。愛倫坡之於法國詩壇，正是如此。有時所謂國際聲譽，竟因國內的政治壓迫而著：易卜生、湯默斯．曼、巴斯特納克、葉夫杜盛科、索盛尼欽等等，皆是可哀的例子。

但是，在最嚴肅的意義之下，任何作家的國際盛名，必須建基於國內的地位，始得永固。除非那位作家直接用外文寫作，如康拉德，如納伯克夫，否則我們很難想像，一位作家在國內地位平平，竟能享名國際。像畢卡索、夏戈、克利、亨利．莫爾等藝術家的美妙，確然有目共睹，可以做到普遍的國際化，但是文學作品，尤其是詩，國際化的可能性是很小的。此地的所謂「國際化」，是指實際的欣賞，不是指道聽塗說的慕名。莎士比亞的戲劇，搬上舞臺，拍成電影，頗易欣賞；譯為中文，就難於領會得多；要直接讀原文的十四行，更是解人難求了。米爾頓擅作拉丁詩，艾略特曾寫法文詩，但是他們的地位，無疑都是建築在英文的作品上。僑居或留學海外，亦往往無助於詩人的國際聲譽，因為無論在生前或死後，一位詩人的地位，不折不扣，仍需用他在本國文字中的表現來鑑定。拜倫、雪萊、濟慈、白朗寧夫人，一直到葉慈，儘管客死南歐，仍然是不折不扣的英國詩人，永遠活在英文裡面。意大利文學史不會收納拜倫，但是法國藝術史上赫然有梵谷、莫地里安尼、畢卡索的神龕。

可見詩人最具民族性。西方人可以盜光敦煌的寶藏，但是盜不走李白的一首五絕。對詩人而言，所謂國際聲譽，半屬身外之物，最多只是國內聲譽的一種花紅罷了。一位詩人最大的安慰，是為自己的民族所熱愛，且活在民族的語文之中。當我死時，只要確信自己能活在中文，最美麗最最母親的中文裡，僅此一念，即可含笑瞑目。有一次我戲謂國松：「五十年後要研究劉國松的畫，恐怕得周遊世界。但是要讀我的作品，伸手便是。」

詩既如此富於民族性，詩人的地位理所當然應由自己的民族來評定。這原是無須假他人之手以行的事。如果我們能肯定這一點，則時下文壇尤其是詩壇醉心國際聲譽之風，就顯得沒有什麼意義了。至少在緩急之分上，這件事無須占那麼重的分量。我說這話，希望不致為人誤解，目我為閉關自守，「不懂公共關係」。詩人出國，詩出國，都是好事；出國而能真正為國爭光，亦詩壇之幸。不過我可以斷言，這種機會不太大，至少比藝術和音樂的機會要小得多。最最重要的事：如果一位作家真能在國內扎根成長，風雨不搖，雪霜不凋，則未來的國際市場上，這枚碩美的瓜果必然會供出來的。如果連故土的考驗尚不能通過，移植異國的土壤豈能繁榮？

以美國為例。美國人學外文的落後情形，是有名的。由於源出歐洲，美國人在大學課程上，顯然厚歐薄亞。美國的大學生要讀法國、德國文學，多半直接讀原文，但是讀中國文學卻大半有賴翻譯。在各大學間最流行的這麼一門課，叫做「英譯亞洲文學」（Asian Literature in Translation），通常包括中、日、印三種文學。這現象說明了，除了哈佛等十幾家大學外，美國學術界對中國文學的認識尚在啟蒙時期。李杜作客尚且如此，現代作家可以想見。好在中文的學習已經日漸普遍，也許三十年，也許百年後，中國現代作家得以原文面目而非七折八扣的譯文出現在國際文壇。這應該是最理想也是最公平的「出國」方式，但在目前自屬奢望。在那一天終於來到之前，翻譯當然仍是不得已的「次代用品」（如果翻版畫和唱片是代用品的話）。然而，即使是「次代用品」，也還有高下之分，這樣的輸出品必須審慎製造。寫詩，寫小說，不妨「自由創作」；但是翻譯是有客觀的學術標準的，不到那樣的條件就做那樣的事，總帶點冒險性。這一點，希望性急的「出口商」，慎加考慮。

——五十八年三月二十六日

撐起，善繼的傘季

經過了大約十五年的發展，現代詩在臺灣似乎已經形成了一個可以感覺得到的「傳統」。同是青年作者的詩，接受過這個「傳統」洗禮的，和僅僅接受五四或三十年代的哺育的，其間立刻顯示出從本質到技巧的種種差異。拿臺灣一位青年作者的詩，和香港、星馬，甚或旅美的華僑青年作者的詩，作一個比較，往往會得到這樣的結論。我沒有說菲律賓，因為菲律賓年輕一代的華僑詩人受臺灣現代詩的影響已經頗深。臺灣的現代詩在香港、星馬、美國的華僑之間固然也已發生了不小的影響，但是在大體上，似乎還不能壓倒五四或三十年代的餘澤流風。

但是現代詩的這個「傳統」，在臺灣年輕一代的詩人之間，確已「源遠流長」，來龍去脈，歷歷可數。有時候，我們甚至於可以指認，說某句是來自某某，而某行又來自誰何。善師者師其意，不善師者襲其句。年輕作者之中，後者顯然是多數。讀他們的作品，往往上句彷彿方思，下句依稀夐虹，很有點兒集句的味道。真能出藍勝藍，自成一家的，真是太少太少了。

施善繼，是近年來引人注目的一個名字。他的作品顯然不屬於襲句、集句的一群。他的幾篇最好的作品，已經有一點「獨立宣言」的氣概。如果他能堅持下去，悉依自己的形象去塑造自己，則終有一日，他的獨立將為詩壇的列強欣然承認。但是，在詳讀他的第一本詩集《傘季》之後，我們仍不難追溯，他在創作的過程之中，曾先後受過前人的什麼什麼影響。大致說來，一位作家的缺點往往屬於他的時代，但他的優點往往屬於他自己。施善繼的情形也是如此。

《傘季》共分五輯。第一輯「菲莉莎」中的作品，都是贈給在菲律賓的一個女孩子的，風格屬於浪漫的抒情。在現代詩氾濫著情慾的今天，這些詩一方面能免於青年人而故作中年人情慾的姿態，另一方面又能免於舊浪漫派過分天真的直接宣洩，不能說不是一種幸運。〈消息〉、〈故鄉〉，和〈三月〉是三篇上乘的散文詩，節奏活潑，語調柔美而自然，意象的細節也交織得很好，有現實感。原則上，我是拒絕寫或看所謂散文詩的。通常所謂散文詩，既無散文的自如，又無詩的精練，只能說是兩者之間的一種妥協罷了。在形式上，散文詩和詩之間最大的差異，就是前者不用操心分行的問題。分行，是詩人最頭痛的技巧之一；一個詩人在分行上如果沒有一手，則他的節奏，從一行到一段到整首詩，必皆失卻控制。散文詩比詩好寫，就在於不要分行。但是，要把「不分行的散文」寫成詩，也不是一件容易的事，因為這時，詩的節奏不能再靠分行來強調，必須自成格局才行。在詩中，「行」與「句」時分時合，交織成趣。在散文詩中，「句」只是句，作單線的進行，因此，在「片語」及「子句」的分佈上，也就是說，在標點的使用上，必須加倍注意。施善繼在這方面，可說很下功夫。我要肯定地說，施善繼是目前最好的散文詩人之一。

一點點陽光的，這日子，你在雲層，唉，鄉音就此靜寂。你在我的上頭，而那裡是蕭邦的月臺。小街濕濕，星子們今晚一定更加憂傷。

——〈消息〉

你躺在丘陵與丘陵擁擠的東南，以緩和的體溫諦聽泥土呼喊黎明前的幽暗，富庶得幾乎忘記地平線和杉木的委婉，順一闋南管注入晉江，匯向海洋。

——〈故鄉〉

在陌生的島嶼，一些日子分食你，你是雲絮，把玩風箏，在胸臆那樣親切的平原。

——〈故鄉〉

用孩子氣的唇探問故鄉，你說，教堂的鐘聲可以洗淨染塵，但路迷失在你的眼中，你迷失在一疋雨絲悵悵的編織。

——〈故鄉〉

把一畝陽光，不管別人如何，全拿去曬在你的胸前，還需什麼呢？懶散的愉悅，愉悅的羽毛球遊玩，繽繽紛紛自拍擊間飄落，像天鵝湖的雪。菲莉莎總任性得可愛，在春天，仍貪戀冬天裡那截沒點完的蠟燭，而耶誕紅熄了，爐柵的火也殘了。你提著那一籃新鮮的乳酪去樹林，餵誰？歸途上，趁便告訴祖母和小花鹿，溪澗溶了，你的籃子換來盈盈的鳥聲。

——〈三月〉

在我們的文壇上，許多所謂名家的散文，還不如一些高級的譯文精采。我常覺得，不諳外文的作者，如果能熟讀幾部名著的上乘中譯，對於自己的創作，當有良好的影響。方思的文體和句法，頗有一點翻譯的味道，但是「洋」得很好。瘂弦的也是一樣，但更口語化。施善繼不如方思那麼冷，也不如瘂弦那麼甜，但是由於甚少使用文言與中國古典背景，更饒有翻譯的趣味，當然，我是指相當雅潔的翻譯。

〈銀河〉與〈銀河的變奏〉是一對孿生詩，形成有趣的技巧性的對照。方莘也做過同樣的試驗。我覺得〈銀河的變奏〉正好顯示分行的優點，在節奏上很甜美，有一唱三歎之姿。詩中的意象鮮麗生動，只是太富異國情調了一點。有人戲言，早期的葉珊頗有用詩寫外國地理的嫌疑。後來王憲陽、白浪萍、陳東陽等等對這種詩著實迷了好一陣子。我必須說，這種詩也沒有什麼不好，有時還真很迷人，不過它不很現實，同時僅僅有「情調」恐怕也不就等於詩。〈銀河〉以喜鵲開始，繼而引至嗩吶、花轎、蓉蓉等中國的事物，但同時又召來印地安的紅鷹酋長、高加索、回教寺院、拿玻里等等，在地理上太「集錦」了，是一缺點。純就意象而言，許多句子確是夠圓熟的：

那時　在拿玻里
在珊塔露淒亞港灣
傍晚　在藍波深處
漁人已歸自海上
他的故里
蓉蓉

〈Sampaguita〉一首，四段不夠統一，孟德爾松和高克多兩個典也不必要。不必要地以西方作家、藝術家、書名，及其他人名地名入詩，曾是（甚至仍是）現代詩流行的毛病之一。此外，在篇首或文中再三引用紀德、艾略特、沙特等等的名句，也已令讀者日久生厭。現代詩中一再引用「一粒麥子……」，正如早期的新詩一再引用「如果冬天來了……」一樣地成為無意義的濫調。菲莉莎既在南方的島嶼，大可向呂宋，向民答那峨等等就地取材，不必向歐洲去乞援吧。「三把吉他」一詞音義並美，如果運用得好，確是可以用為疊句，寫成一首迷人的歌的。近來一些漸入中年的詩人，已漸漸擺脫這種為西方專有名詞「點名」的習慣。這是一種成熟的現象，值得青年詩人思考。

〈啊，馬車伕〉是一首甚有意境的好詩，但意象的發展，自馬尼拉而西班牙而丹麥，仍不能免於裝飾性的「異國情調」。有些詞句，像「橢圓的蹄音」，像「背後曳著變換的風景，我們溶解在無纖維的南方」等，都是很有靈感的筆觸。末段很流暢、樸素、自然：

我們已抵達盛裝以前
馬與車都仍在熟睡
那湖夢可任意漂遊或者棲息
我們划著一個島嶼
在月與夜的中央
水草與青蛙忘憂的岸上

第二輯是「素描」。其中作品不很整齊；例如〈拾荒者〉一首，除了「黃昏一塊告示逐漸老去」是極佳之句外，通篇都很晦澀，而且晦澀得並不動人。〈七月〉一首不無佳句，唯整首詩仍嫌零亂，愛因斯坦和莫札特的出現也無必要，而用英文字母D來稱呼詩中人，於音調於意象都無補益。〈二月〉一首的末段很可愛，但第二段仍嫌太亂。全輯中最出色最成熟的，當然是〈素描〉五題。這一點，使我益信施善繼是我們最好的散文詩人之一。在這些散文詩中，他的句法伸縮自如，從極短到極長，從敘述句到問句，非常富於彈性；對於第二人稱的口吻，也顯得很親切。這些詩中，我們觸及美好的蛻變了的瘂弦、葉珊、鄭愁予，和很多很多的施善繼。最圓融清澈的一首應該是〈標示士〉了：

從任一段木材可以閱讀你底歲月，你底耳朵有整座鋸木廠的聲音。
從屋後的清溪可以閱讀你底歲月，你底耳朵有整潭碧綠水的聲音。
祖父牽你繞過：情人谷。
你牽著伊繞過：情人谷。

第一題「軍曹」的末段也很動人：像「兄弟，戰爭的兄弟，一定有成排難爆炸的地雷深埋在你熊熊的眼中」這樣剛美的句子，不見得一定就輸給洛夫吧。「素描」最後一首：〈一月四日〉，是弔念艾略特的。我覺得這是一首不成功的作品，因為第一，意境太隔（王國維所病之隔），例如第二第三兩段，就只有枯乾的概念，沒有形象，更無生命；第二，末段用的三個典皆不切題：貝多芬的《英雄交響樂》是悲壯沉雄的旋律，蕭邦是浪漫大師，托斯卡尼尼也是浪漫音樂的詮釋者，弔這麼一位反浪漫的主知詩人，竟聯想到這些浪漫的過去，是很不合適的。

第三輯「東衛組曲」恐怕是全書中最平淡的一輯，比起前二輯來遜色多多。〈風季之後〉的末段很有韻味，但整首詩仍嫌太隔了些。〈在小麻雀的井邊〉不夠濃縮，詩中的舅舅也稍嫌「洋」了些。〈曲巷〉的構思很好，本來可以成為一首絕妙的半田園詩。例如單行的第二段和末段的前半，就是很美很美的片段。可惜第一段末三行的句法太彆扭，第三第四兩段仍是太隔。像「歇業的小店有灰冷的嘆息」和「我已全然舒放一隅憂戚」一類的句子，皆病在抽象，也就是王國維所謂的「隔」。〈輓歌〉太晦澀。〈鞦韆〉則太像痖弦。

第四輯「石門」比「東衛組曲」好得多。〈海之春〉自然可愛，一結尤妙。〈十七葉〉

清麗可誦，末段尤空靈之極，如果不用泰戈爾那意象，將更為清暢。〈月方方〉是一首頗有深度但表現上很不平衡的作品，容我引第二和第四兩段為例：

五月的第二個星期天
去年的荷包成了今年的傷感
今年，今年你仍擰曲希望
順沿我的灰心潺潺直下（二）

傘季不論在冬在夏
我總繫念傘下的你的感覺
讓我撐永愛為春
永愛為秋（四）

相比之下，我們幾乎立刻感覺到，第二段不但平淡，簡直模糊，第四段則鮮明突出，真情流露。原因很單純。第四段無論在意象上或節奏上都是一氣貫串，因此境界全出。從「傘」到「冬」和「夏」再到傘下人，從「傘」到「撐」再從「撐」到「春」和「秋」，發展快速而自然。有了「永愛」，竟能一傘撐成四季，這真是奇妙的傘季，美麗的傘季。第四段中，「永愛」是唯一的抽象詞，但由於它達成了傘和四季之間想像媒介的任務，已經活了起來，不再給我們抽象的感覺。反之，在第二段中，以僅有的一個形象「荷包」要把「傷感」、「希望」、「灰心」等抽象的概念提升到現實感的層次，當然注定要失敗。幾個負有「想像催生作用」重任的動詞，也用得沒有形象，沒有力量。去年的荷包「成」了今年的傷感；希望只是「擰曲」了；而「順沿我的灰心潺潺直下」的，究竟是什麼呢？是擰曲了的希望呢，還是傷感呢，還是淚水？在此我必須指出一個現象，凡從事比較文學或翻譯的人都不可忽略的一個現象：那就是，抽象名詞的使用，其成功的機會，在中文詩中遠小於在英文（或其他歐洲文字）詩中。原因是在英文中一個抽象名詞就是一個抽象名詞，涵義如此，字形也是如此，例如beauty，例如loveliness，例如excitement。中文則不然，抽象名詞不具特有的字形，因此「傷感」是名詞也是形容詞，「希望」是名詞也是動詞。也因此，在詩的翻譯中，一遇到抽象名詞，中文就要大傷腦筋。

A thing of beauty is a joy for ever:
Its loveliness increases; it will never
Pass into nothingness;

濟慈一口氣用了三個抽象名詞，詩思有賴的三個抽象名詞，中文譯者該怎麼辦呢？用「虛無」應付nothingness還可以，用「可愛」應付loveliness已經不像抽象名詞，至於用「美的事物」去譯a thing of beauty事實上和a beautiful thing沒有什麼區別。我要再強調一次：在中文詩中使用抽象名詞，是吃力不討好的事情，不是高手，常會失敗。即使高手，也不易成功。一失敗，就成為「隔」，也就是「不可感」。一般讀者不能接受現代詩，這應是一大原因。

對施善繼也是一樣。我總覺得，他的佳境往往在一些「不隔」之句，例如〈風鈴〉中的「你持槳划入厚重的煙雨」，和〈曲巷〉中的「牛糞青青的香味點飾著」便是。他的敗筆，至少有一半是在抽象名詞的失卻控制。這種情形，屢見於〈隕星的故事〉一詩，但〈隕星的故事〉之不成功，還有兩個原因：其一是術語的唐突闖入（例如「計畫高的字數恆在」），其二是西洋文化專有名詞的氾濫（例如「描繪蘇格拉底不知名的孤獨」，和「似孟德爾遜的

『康佐萊塔』舞曲」）。

〈石門〉是一首錘鍊有成之作，字句扣得相當緊張。意境不無晦澀，但不是不可感。我只是感覺，「未竟之渡」之類的詞句，既已「名花有主」，不佩帶起來也罷。第一段好。末段也耐人咀嚼：

像海固執著藍色
我欲把事件建築在人的高度以上
讓企仰舉起腳跟
跪下以宗教式的虔誠

只是我以為，「宗教式的」四字太露了一點，而「跪下」之後，如能加一個逗點，對意義的強調和節奏的調劑，都有幫助。同樣，前引〈月方方〉中的兩句：

傘季不論在冬在夏

我總繫念傘下的你的感覺

好是極好，只是第二行連用兩個「的」，顯得弱些。如能改成「我總繫念傘下，你的感覺」或是「我總繫念，傘下，你的感覺」，當可減少一個「的」字。我要建議善繼，多多注意在行內用標點，以求更精確地控制節奏。

同一輯中，〈安平〉淡淡著筆，色調古拙可愛，首段尤自然成趣。〈淡水〉需要重寫，因為它受別人影響太著。「暮色in B Minor降下」，完全是「萬聖節」句法。

第五輯也是最後一輯的「飛幡之歌」，是全書中最富試驗精神但也是最晦澀最著意趨附時尚的一輯。這些詩大概都可以稱為「典型的現代詩」，優點固亦不少，但流行的現代詩常見的毛病，似乎也都具備了。在這些詩中，固然有不少的施善繼，但似乎也窺得見許多多的瘂弦、洛夫，以及其他。比較上說來，還是〈飛幡之歌〉最好，其他的幾首類皆意境含混，意象繁雜至於壅塞，詞句和節奏充滿流行的現代詩的回聲。舉一個例子，名詞多數加「們」以識，幾已成為瘂弦的商標，因此在善繼詩中再出現「鳥們」、「雨們」、「淚們」、「異族們」等等，就會令讀者感到不悅。何況在「異族們」一例中，「族」已經標明多數，加上「們」字，乃顯得累贅不堪。〈橫牆〉的末段：

而有人利用上顎歌頌罌粟
且在山腰栽培它們的成長
收穫，與乎綿延繁殖。
我們勢必批購破爛的法蘭絨長褲
在院子裡一一焚掉

這是本輯中稍稍能免於晦澀且可感可誦的少數段落之一，但是頗像痙弦。同一首詩的第三段：

裂痕之鏡一匹黑帆浮升
在血流之循環中
我們深信只要滲有女人的呼吸

帆便因風之靜止
摸不清徐徐跳動的脈搏

又有一點洛夫的味道了。〈瘟疫〉也是這樣一首極不平衡的作品。有的片段很好，例如末段的前三行：

踱蹀后。那蜥蜴與一畝仙人掌
　　　　傾聽
山山之相訴

但是第二段：

遮陽傘般，陰影之整季迴避
我們被濾過後到達瘟疫

到達毋須分類的畜牧場
欄柵或鞭撻之一致
或一致構成部分金屬之內裡
在靜謐的中古式街道兩旁
我們希冀同羅維那淺蜜色建築物
　纖纖細細的搭訕
或捱過轟炸不損毀之瓦礫

我以為讀者是不可能接受的。因為第一，意象雖繁多，卻互不相涉，未能交織成一個可感的現實。如果說，這就是所謂超現實，那也只能視為一種不成功的企圖。第二，語言不夠和諧。主要的原因是，不必要的文言語法太多，而這類語法及詞彙與口語之間又顯得格格不入。像「毋須分類」、「一致構成」、「損毀」、「靜謐」之類的詞句，和「搭訕」、「捱過」之類的口語，以及「遮陽傘般」、「被濾過後」之類的歐化語法夾雜在一起，令人難以卒讀。在文字上既失去控制，在主題上，自然也非常含混，我讀了好幾遍，仍是茫然。

〈異端〉也是這麼一首不平衡的作品。除了許多句子都有來歷之外，段落與段落之間似乎很少呼應。第二段的彆扭和第五段的自然，好像出自兩人的手筆：

而兩岸孱立的草葉間
異族們從不哭泣被變質販賣的赤裸
（河水順勢流向潺潺的盡頭
扇子裡摺疊著嬉笑的溫柔）
涉渡之頃。它們的執拗
誘引我的恐懼去經歷一次石柱嚴肅性的崩潰（三）

鳥叫
新翻泥土的氣味
池塘裡水們開始上昇
階前兩株夾竹桃輕搖（五）

〈腳印〉也是一樣。第二段末二行患的，正是目前現代詩常見的流行病，難怪要招來香港一位作家的批評[1]。總之，我發現「飛幡之歌」一輯的作品太晦澀，太隔，太不自然，因此像許多同類的現代詩一樣，是很難為人接受的。

我的結論是：從《傘季》這本詩集看來，施善繼是目前少數的傑出散文詩人之一。在現代詩的創作上，施善繼已經發展了不無可觀的「輕工業」，但發展「重工業」的條件似乎尚未充分具備。對於他以後的發展，我願意作下列的幾點建議，希望他慎加思考：第一，頗

1 見香港古蒼梧的〈請走出文字的迷宮：評《七十年代詩選》〉一文倒數第二段：「在新詩人當中，施善繼和施傷勇都有著潛力，這潛力依然來自他們真誠的人格。流風所及，施善繼會有『啼音，腳印以及不規則的崩潰熔合而一』這樣古怪的句子，然而我寧取

傘季不論在冬在夏
我總繫念傘下的你的感覺
讓我撐永愛為春
永愛為秋

這幾行的真切與瀟灑。施傷勇也會有『那時潮聲常把一船的命運湧上兩岸並把女人們的不安與急躁帶走而且溶化在它潮濕的子宮裡』這樣的造作。但他卻也能寫『而我。我曾親手把一份憂愁帶給母親。將一份喜悅與天地交換』這樣開朗感人的詩句……我誠願傷勇不會像某些現代詩人一樣，墮入文字的幻覺裡。」

富獨創潛力的他，到目前為止，還未能完全擺脫某些名家的影響。希望他能攫取那些先驅的精神，而躍越他們的形貌。第二，他的許多鮮活佳句，都得力於口語的自然韻味，因此希望他向生動活潑，朝氣勃發的坦坦大道欣然邁進，不要再依戀某些又像文言又像翻譯的裝腔句法。說到文言，我發現施善繼於古典並無深厚背景，因此，與其經營不夠古典神韻的文言句法，不如乾脆在口語的「帥」勁上狠狠下點功夫。近年來白萩在這方面的努力是值得參考的，儘管白萩的目標不在「帥」，只在「樸」。第三，現代詩的流行病不能再患了。不必要、不見效的晦澀應該下決心「戒」掉。造成意境上「隔」的抽象名詞，應該小心使用，如果不是完全清除的話。另一方面，過度紛繁的意象，一旦失卻控制，只有造成壅塞的現象。其結果，是雜亂，不是豐盛。要知道現代詩中有些技巧，很像特效藥一樣，使用過量是會有副作用的。有些高單位的維他命，不小心，也會「危他命」啊。

正當現代詩杞憂後繼乏人之際，施善繼，應該名符其實，善為後繼。然則善繼善繼，圓滿撐起，你永愛的傘季吧。

——五十八年八月十二日

宛在水中央

有一次葉珊喟然謂予：「這些年來最教人悲傷的事，莫過於多少對當初齊名的至交，為了爭雄於文壇或藝苑，終於割席分手，形成路人。據我所知，你和夏菁幾乎是僅有的例外。」葉珊的發現，使我終宵追憶，我和夏菁結成文壇兄弟以來，幾近二十年的種種往事。真的，要在當今的中國文壇，尋找一對二十載不渝的同伴，不會比在好萊塢尋找一對二十載尚未離婚的星侶更容易吧？

吵架和決鬥一樣，是一條雙行道。如果一方勃然擲下鐵手套，另一方卻莞爾相視，則獨自操戈何等無趣。我和夏菁的友情絕不可能如此長壽——如果他不幸也像我這樣「無霸才而有霸氣」（這是我所有的敵人開會議定判我的評語），也像我這樣剛愎自用，而且喜歡揮霍個性。我風雨如晦，他水波不興。我怒目作金剛，他低眉成菩薩。

夏菁就是這樣有容且無欲。在文壇上，他躬耕於「純文學」，不求聞達於七廳八組，更不求獎金與出國開會。在家庭裡，他是一個怕太太怕得恰到好處的丈夫，管孩子管得近乎老莊的父親。在中國，他是一個人淡如菊交淡如水的君子，在西方，他是一位處處可以為家但時時不忘憂國的世界公民。宛在水中央，在異國的一小嶼上，他是一灑自給自足的噴水池。

——五十九年九月

在水之湄

第三度來美國，見面最頻的故人，應數葉珊。惜乎水湄的詩人始終在水湄，不是醉臥太平洋畔，便是行吟大西洋濱，而我，一直山隱在丹佛；波上，石下，握手言歡的機會依然恨少。

葉珊和我，相近之處甚多，相遠之點亦復不少。譬如揮筆行文，他絕少洩露原名，我絕少遁跡筆名。他豪飲如長鯨吞海，我酒量十分迷你。他顧盼之間，富於名士風味，雖未深入希癖之境，對於理髮業的生意，亦殊少貢獻；我的生活，相形之下，就斯巴達得多。他和少聰結婚四年，「人口政策」一直嚴守《道德經》的古訓；我一時失策，竟為中國的「人口爆炸」添了一分威力，結果是尾大不掉，狼狽如一隻飛不起的風箏。

不過，大同之處仍然很多。兩人都右手為詩，左手成文，都有一隻可疑的第三手，伸向翻譯和批評。都向愛奧華河飲過洋水，都成了白筆化雨以滋青青子衿的人師，一句話，都屬於「學院派」。葉珊的詩，落筆便作滿紙雲煙，不讓杜步西獨步西方。他的句子純以曲線構成，很難拉直成散文。他的散文自成一家，閒閒運筆，輕輕著墨，「內功」頗深。

這次來美，發現還有一項同好：搖滾樂。看到異國披髮朗吟的詩人，一揮手，一投足，一啟脣之間，欣然而聆者數以萬計。乃感到自己的現代詩太冷，太窄，太迂緩了。

——五十九年十二月

現代詩與搖滾樂

一旋下車窗，風裡就嗅到不少的春天。連翹落盡，鳶尾，鬱金香正流行。酸蘋果樹的紅雲，蘋果樹的白霧，把丹佛繡成千街的燦爛。車行花間，看花人把眼都看花了。交通燈，也看成一朵鬱金香。

他在車裡炸開了頭腦
沒看清綠燈已換了紅燈

每次闖紅燈，披頭這兩行詩就在耳邊響起，令人血湧如嘯。

五月三號。一九七一年。華盛頓正浮動千樹的櫻花。同一天，反戰的人潮搖撼白宮與五角大廈，被捕者七千人。「戴花的一代」不戴櫻花，戴了彩。我呢，瀟灑不夠戴花，激烈不夠戴彩。我在車裡吟〈花椒軍曹〉。車在丹佛城向南疾馳，首燈在掃滿城的暮色。那就是說，落磯山已經陷落在蒼茫中了。八點五分，我的「鹿軒」（Impala）到了丹佛大學。高樓四聳，卻無垂柳可以繫馬或是繫鹿。只好將他交給水泥的停車場吧。

演講廳在二樓。兩百人的座位上，只有八成聽眾。領帶當胸者四五人，鬟髮蔽天者百餘人，髮不蔽天帶亦不當胸者六七人。第一類，是丹大的教授。第二類，是業已占領美國各大學校舍的「新蠻族」，俗稱「希癖」。第三類，是我這樣既不文明也不野蠻的游離分子。來美國快兩年，第一年進教室必繫領帶。後來發現，衣冠楚楚，領帶當胸，在長髮亂髭的叢林裡，反而成了奇裝異服，第二年我就自動解放，除去了扼喉之災，可是並未放下剃刀，坐視鬟髮在臉上會師。

主持人介紹既畢，今晚的演講人便出現在臺上。詩人魏爾伯（Richard Wilbur）和美國詩選的照片所示者沒有什麼出入。約莫六尺的身材，深褐色的眉髮下，閃動沉靜而安詳的眼神，那姿態，很像一個鋒芒內斂儒雅外流的海斯頓（Charleton Heston）。

魏爾伯的所謂演講，事實上只是誦讀自己的作品，並且略加詮釋，或點明詩中的精神，或陳述創作的過程，但絕少洋洋灑灑，大發議論。誦讀之際，他的態度很誠懇，語氣很謙遜，甚且充滿自嘲。麥克風嗡嗡然，扭曲著他的聲音，使他很不自在。幾度嘗試將它調整，並再三探測聽眾的反應之後，他終於將麥克風壓得很低，使它不受自己聲浪的沖擊，這才從容朗吟起來。

魏爾伯以翻譯法國詩聞名。前半個小時，他誦讀的都是自己的譯詩，原著包括維榮和服爾泰的作品。他說維榮豪放不羈，所作〈古婦人吟〉（"Ballade des dames du temps jadis"）中的婦人，未必皆能德貌相侔；其中最為有名的一篇，「唯往歲之白雪而今安在」，既經羅賽蒂譯筆相傳，似乎已成千古定譯。魏爾伯說，事實上羅賽蒂的英譯不無謬誤，也未能忠於原作的格律。同時他認為維榮的古法文不過爾爾，何必譯成古色古香的英文？接著他便誦讀自己對這篇名詩的英譯：我發現他將韻腳整個改了，疊句But where are the snows of yesteryear?也改成But where can the snows of last year be found?

接著魏爾伯又誦讀《憨第德》中的一些抒情詩。《憨第德》是一九五七年他和音樂家伯恩斯坦及女詩人派克等合作的一齣諧歌劇，其中的抒情詩都從服爾泰的原著譯來。

魏爾伯說，先誦譯詩是為了「製造氣氛」；後半個小時，他便誦讀自己的創作了。他誦了約莫十首詩，其中有一首新作尚未發表，但絕大多數是選自最近的詩集《給一位先知的忠告》。他誦讀那卷詩集中同一題名的主題詩；他說一位詩人很難正面處理核子武器對人類的威脅，因此他反而在詩中向一位先知提出忠告，說與其列舉一長串科學的數字，令聽者瞠目結舌莫知所措，何如預言禽飛獸遁，江湖鼎沸，墮落的人類目翳眥決，心如槁木？他誦了一首長詩，詩中人喃喃自語，催一位朋友入夢，先是摹狀都市和機器，言語無味，朋友亦難成眠，於是改變方式，描述星在太空，風在水面，不久那朋友就酣然了。魏爾伯的女兒已經二十多歲，頗有文才，曾在《泛大西洋》雜誌上發表小說，書出之日，名與巴斯特納克並列，魏爾伯感到非常得意。他在另一首詩中，寫他有一次經過女兒的房間，門內傳來時斷時續的打字鍵聲，似乎一個心靈正在掙扎的回音。又有一首詩，題名〈奔〉，共分三段，第一段寫詩人童年時奔於原野，第二段寫他青年時奔於球場，第三段則寫他中年時看子女奔於身旁。最後，他誦讀了兩首詩，一首賀女詩人芮殷（Kathleen Raine）生日，另一首則悼佛洛斯特。

九時十分左右，魏爾伯朗誦完畢，向聽眾說了一聲「謝謝」。掌聲既歇，聽眾逐漸散去。等六七位來賓和丹大文學創作班的學生向魏爾伯作簡短的交談之後，主持人威廉斯教授把我介紹給魏爾伯，並說明我曾經譯了他幾首作品成中文。最後，眾人紛紛開車，去威廉斯家參加歡迎魏爾伯的酒會。

威廉斯教授的客廳。十幾個蛋頭和半蛋頭。或坐，或立。或飲酒，或飲冷飲。或貌似博學，或狀至神祕。或仰天有所思，或俯首有所悟。

終於，魏爾伯解除了眾蛋之圍。我把《英美現代詩選》的中文本給他。

「你譯了我哪些詩？」他問。

「〈魔術師〉、〈詠藝術館〉、〈下場〉，你今晚一首也沒念。」

「對，我念的都是近作，」他沉吟了半晌。「你有依照我原文的形式嗎？」

「可能的時候，盡量依照。哪，」我把譯文橫過來。「這樣看，就有點像了。你記得是這樣的句法嗎？」

他打量了一會，搖搖頭。

「這些象形文字，使我覺得自己的作品像蠻深奧的呢？」

「這一首是〈下場〉。」

「〈下場〉中文怎麼說？」

「等於說 get off the stage。」

「對了。對了。」

接著，我把當天剛收到的臺北美亞版的英譯詩集《滿田的鐵絲網》（*Acres of Barbed Wire*），送他一本。

「這是我自己的詩集。」

「啊，好極了。」他翻到書末的譯著一覽表。「你寫了好多書！」

「還有四五本沒印出來。」

「有可能為我簽個名嗎？」

「我已簽了。哪。」

「好極了，謝謝你。這真是太可貴了……我看，我還是乘早放到車上去吧，免得走時忘了。」

說著，他果真走出客廳，向停在街邊的汽車。

目的已達，我乃棄眾蛋如遺。

門外，眾星交射如冕，正好戴在我頭上。

●

對於魏爾伯，事實上，我的興趣並不那麼濃。五月三日去聽他的朗誦，有一半是出於看熱鬧，不，「看冷落」。這句話，應該略加解釋。

首先，我是他的譯者，無論在法律上或道義上，都應該讓他知道，我譯了他哪些作品。可是我國迄未參加國際版權的組織，因此，我的《英美現代詩選》中譯本收納了他三首詩，也是不合法的。就《英美現代詩選》而言，我只能算是「野譯者」，不像在林以亮先生編選的《美國詩選》裡面，我全部的譯詩，事先都經香港美國新聞處向原作出版人申請到版權的。因此在《美國詩選》的封面下，我是一位「合法的譯者」。不過，「野譯者」也好，「家譯者」也好，把印出來的譯文送給原作者，仍是一切譯者道義上的責任。可是，這並非我要見魏爾伯的最大動機。

甚至也不全為了想親炙當代美國的一位名詩人，或者一捫美國現代詩的清芬。要說魏爾伯是一位名詩人，他確是當之無愧的。固然，他在美國現代詩壇上的身影，視已故的佛洛斯特為遠遜，也不及猶健的龐德那麼碩大，可是他畢竟得過一九五四年的羅馬大獎和一九五七年的普利澤獎，並兩獲古根漢獎金；他曾登哈佛和威爾斯利的講壇，現任威斯禮安大學的英文教授。在學位上，他僅有哈佛的碩士，卻坐擁安默斯特的榮譽碩士和勞倫斯的榮譽博士。在創作上，他的詩集《美麗的變化》、《現世萬物》和《給一位先知的忠告》皆時譽不惡。在學術上，他翻譯的法國新古典戲劇，例如莫里哀的《厭世者》和《偽君子》，和編選的頗普詩集等等，亦皆受人重視。一九六一年（當時他才四十歲），他以美國國務院文化使者的身分，遍訪俄國各地，更遠播了他的國際聲名。這一張簡歷，無論是投在韓荊州的階前，或是美國國會圖書館的石級，都應該有點回聲吧。

可是我對於所謂「學院派」的詩人，尤其是西方的，實在並無多大的嚮慕。這是因為，一方面自己也是這麼一個背負黑板眼望青天一腳學府一腳文壇的半人半馬妖，且亦久戴「學院派詩人」之惡諡，難免養成同行相妒同性相斥的傾向，另一方面呢，我對於西洋現代詩，久已過了初戀甚至蜜月的昏迷期，離婚還不至於，新婚之感至少已經淡了下來。本來，人入中年，對一切美麗的女人都不再有霧裡看花的危險，何況對西洋現代詩，對現代詩，對詩？如果我在此地貿然宣佈：雖然我的研究和欣賞猶未窮九牛之一毛，可是對於西洋現代詩，對於現代詩，對於詩，我真是——嗯，該怎麼說呢？——有點淡了；如果我竟然敢於宣佈：在踏入地獄之前，假使容我選擇帶一個伴侶，則我要選擇的不一定是詩，而且一定不是西洋現代詩；如果我，於苦苦追求金髮碧瞳的繆思二十年之後，忽然說出這麼一句不中聽的話來，我的那些學朋詩友，一定要大吃一驚，且說我終於變節了吧。

我所以不很熱中於會見西方的學院詩人，一半是因為：雖然兩皆不足，我多少總算知己知彼，而對方呢總是知己而不知彼，不，對中國一點也不知道。我甚至約略知道，他們二三流的詩人在想些什麼，說些什麼，可是他們對我一無所知，甚至不具備求知的條件，對我的族長如杜甫李白也止於貌似恭謹而親炙無門甚至無心。這樣子的移明就暗，豈能美其名為「交流」？西洋的學院派詩人，一瓣心香，永遠吹向希臘、羅馬、耶路撒冷。他們的羊皮紙地圖上，找不到長安、洛陽，遑論臺北？如果你要用翻譯與他們交流，那更是自陷於不平等之境，正如要跟人賽跑，卻戴上腳鐐手銬一樣，饒你是巨人，也疲於奔命吧。何況即使是最好的翻譯，也只能把原文之鳥剝製為標本，等於以我之下駟當彼之上駟，也實在太不公平了。據我所知，恐怕還沒有一位美國詩人，有足夠的能力把自己的作品譯成中文，去敲中國詩壇的大門吧。一位東方的作家在美國，除非他本來就用英文寫作如印度和菲律賓的許多作家那樣，一定會有一個感覺，好像他是一個隱身的特務，自己能洞察對方的虛實，對方卻完全認不破自己。

說到特務，那天晚上我倒真有點「探子」的意味，只是我刺探的，不是什麼軍情，是美國年輕一代的心情。事實上，聽魏爾伯的朗誦，這已是第二次了。第一次是六年前，在卡拉馬如。那是一月間風雨淒其的一個冬夜，我自己剛從樂山南下，在西密大演講罷中國古典詩，趕到卡拉馬如學院山頂的演講廳時，魏爾伯的朗誦已近尾聲了。大約四五百人容量的大廳，樓上樓下坐滿了人，站著的聽眾一直溢到門外。我只能坐到鄰室去，和一個女學生相對，傾聽麥克風傳來的餘音。事隔六年，搖滾樂在美國青年之間，不但早和文學平分秋色，甚至演成楚凌曹鄶之勢。因此，在《丹佛郵報》上看到魏爾伯要來丹大演講的消息，我不免心情一緊。

「我倒要去看看，有多少人去聽，」我轉身對咪咪說。

用統計學來代替藝術批評，當然是很武斷的方式。不過，對於「曲高和寡」的理論，這兩年來，我已經養成了存疑的態度。我不能接受「曲高和眾」的假定，但是我相信「和眾未必曲低」。例如搖滾樂，在美國已經成為年輕一代最最擁戴最引為自豪的一種大眾藝術，流行的程度，不僅凌越了古典音樂，放逐了現代音樂，更侵略到文學的領土上來，迫使現代詩處於負隅困守的窘勢。十二年前，我在美國念書的時候，買了近百張唱片，全屬古典音樂。當時我走進音樂廳，聽見的無非古典音樂，走進唱片店，觸目者也無非古典音樂。第三度來美，又買了近百張唱片，十之八九屬搖滾樂，其中五分之一屬於披頭。現在我走進音樂廳，是去聽搖滾樂；走進唱片店，四顧無非「鐵蝴蝶」和「草原之狼」，要找伯恩斯坦或是塞松，勢必去牆角落裡細細翻尋。流行刊物的封面人物之中，如果有一位正統的古典音樂家，就必有六七位搖滾樂手。例如近幾月來，出現在《生活》、《展望》、《時代》和《新聞週刊》上的封面人物，就有四位之多屬於搖滾樂[1]。四月十六日的《生活》只用了兩頁的篇幅向剛逝世的八八高齡音樂大師史特拉夫斯基致敬，但是在同一期，不但用二十九歲的麥卡特尼（Paul McCartney）做封面人物，還用了五頁的內文刊登他的訪問記。欣賞麥卡特尼如我者，面對冷暖如此的比照，尚憤憤然想投書向該刊抗議，一位音樂系的教授有何感想，更可

1 Paul McCartney, Elvis Presley, James Taylor, Mick Jagger.

想見了。

面臨搖滾樂的流行，古典樂抱陽春白雪之憂，現代詩更有解人難覓之歎。國內的讀者也許要奇怪，何以搖滾樂竟會威脅到現代詩的市場？國內的讀者有此一問，是因為國內聽搖滾樂的少年，大半只聽到錚錚淙淙的吉打，鏜鏜鞳鞳的鼓，和歌者的慷慨悲歌，激楚吟嘯，而沒有聽出，或許也無能聽出，歌中那些昂揚與低迴的詩句[2]。是的，搖滾樂也是一種詩，以吉打為標點，鼓為脈搏，節奏感特別敏銳的一種詩。國內的流行音樂，從寫詞，配曲，伴奏，直到演唱，一向呈分工狀態。英美的搖滾樂，多的是一以貫之的全才。披頭的蘭能和麥卡特尼，在決裂以前，便經常在一起邊作曲邊配詩，然後在演奏會上自彈自唱。女歌手之中，這種一身而擅詩、曲、奏、唱的全才，自瓊妮・米丘（Joni Mitchell）以下，至少可以數出一打。事實上，洛娜・奈羅（Laura Nyro）的一首，譬如說吧，〈美人黑痣〉（The Blackpatch）給我的「詩感」，敢說十倍於當代任何一首美國詩：

曬衣夾夾著曬衣繩
窗子連著窗子

短襪子和鈴鈴和睡袍
曉空中的流蘇穗子[3]

在某種意義下，今日英美的搖滾樂手，往往令我悠然念及歐洲中世紀的行吟詩人（troubadours）和《詩經．國風》裡的歌者。二十年來，我國現代詩壇流行著「詩非歌，歌非詩，兩者必須分家」的信念。當初紀弦先生強調此一論點，確乎起過一番澄清的作用，實在功不可沒，不過，我相信當初紀弦先生心目中的所謂「歌」，該是真正屬於「下里巴人」的流行歌，那些歌，無論就曲就詞而論，確乎非常庸劣鄙陋，有汙聆者之耳，難怡識者之心。可是《詩經》、樂府、唐絕、宋詞、元曲，無一不在指證：許許多多好詩，都產生在詩和音樂結婚的蜜月，不，蜜朝蜜代。今日英美搖滾樂的盛況，令我益堅此信。

2 這只是我多年來的印象，確實與否，尚待仔細觀察。

3 Laura Nyro: "Blackpatch"第三段。僅看她的詩，不聽她自唱，已經霧中看花。僅看我的譯文，則連霧也看不見了。

把搖滾樂當作一種詩，或是詩與歌綜合的一種嚴肅的新藝術，這種觀念，也許美國的學府文壇一時間尚難以下嚥，可是美國廣大的青年早已全心全意接受了這個事實。以披頭為例，他們每一張大小唱片都輕易銷過百萬張；到一九六八年一月為止，他們的名曲前後經過千百位名歌者的錄音，例如〈昨日〉的歌者已達到一一九位；那時為止，他們在全球的唱片總銷數，已達二億二千五百萬張。我這麼列舉數字，很有點市儈用統計學代替批評的嫌疑，假如我不是同時真正傾倒於他們迷人的藝術。從古典音樂到現代的「藍調」，從《愛麗絲漫遊仙境》到〈荒原〉，披頭的藝術淵源之廣闊，變化之繁富，表現之自然，無不令人歡喜嗟歎，且舞之以手，蹈之以足。事實上，學府和文壇對這種新藝術的觀望和懷疑，也早在冰釋了。音樂評論家羅倫說：「披頭的出現已成為一九五〇年以來音樂史上最健康的盛事之一，對於這件事，任何有識之士都不能或多或少不有所反應的。」他又說，「披頭的一些歌已經成為經典名作，且可比擬蒙特維地、修曼、蒲朗克等歌曲全盛時代的大師們的作品。」[4]

再以巴布·狄倫為例。這位狄倫對於當代抒情詩的影響，恐怕已經有超越另一位赫赫有名的狄倫[5]之勢。雖然在日趨僵化且漸與青年脫節的正統現代詩之中，他的名字尚在黑名單上，雖然奧登說他從未聽說過巴布·狄倫的名字而齊阿地和辛普森認為他「於詩一無所知」，普林斯頓大學卻在一九六九年頒給他一個名譽博士學位。《青年美國詩人》一集的編者卡洛爾，在兩度邀請狄倫參加詩選而不獲回信之餘，這麼結束他的編者序言：「未能選用狄倫的作品，似乎是分外的遺憾：無論就他淨化了的溫柔與憤怒，或是他有號召力的想像而言，他都不失為他那一代的最佳詩人之一。」哈佛大學一位學生說，把狄倫的詩當回事，是「荒謬可笑的」，可是布朗大學的一位學生卻說：「我們才不管他摩西斯．赫爾左格的什麼『焦灼不安』或是諾曼．梅勒的什麼個人的幻想。我們關心的事情，是核子戰爭的威脅，人權運動，以及美國，尤其是在華盛頓，流行的欺騙、鄉愿，和偽善的傳染症，而巴布．狄倫是美國作家之中，唯一能夠把這些題材處理得令我們感到富有意義的一位……就我們而言，事實上，他的任何一首歌……比起羅貝特．羅威爾之流獲得普利澤詩獎的整卷詩來，無論在文學或社會的意義上，都生動有趣多了。」

4 Ned Rorem: "The Music of the Beatles". 此文全長約一萬字，我已譯成中文，尚未發表。

5 Bob Dylan原名Bob Zimmerman，後來因為崇拜Dylan Thomas而改名。

繞了一個大圈子，且回到「看冷落」上來。

成就不凡，頗負時譽的一位詩人，在一個大城的大學裡演說，消息事先刊於報端，竟不能吸引到兩百聽眾。另一方面，幾乎任何一位二流的搖滾樂行吟詩人，如尼耳·楊（Neil Young）或約翰·丹佛（John Denver）之流，在一抖髮一揮琴之際，都能輕易召來三五千的聆者。為什麼？

是丹佛比東西兩岸閉塞，還是丹佛大學的學生特別不同情現代詩？也許是的吧。可是同樣的大學生，去紅石劇場聽朱迪·柯玲絲的演唱會，一夕卻達一萬四千人之眾。

早在五十年代的中期，金斯堡等在舊金山崛起之初，美國的現代詩就有了「正統」與「江湖」之分。在艾略特奧登等的麾下，正統詩人坐擁學府、大季刊、基金會，磨其「新批評」之利鑿，雕其玄學派之機心，視域所及，仍是歐洲文化的正統。江湖詩人則落魄載酒，散髮吟嘯，從艾略特的課室裡逃學出來，且響應惠特曼繆思移民的號召，把巴納塞司整個搬到西岸去，為了能隔水看中國、日本和印度。這種正反之分，到了搖滾樂大興，更為顯明。

正統的現代詩人鄙棄田園而擁抱都市，他們要擁抱工業文明像擁抱一個妓女，他們要歸化機械於詩中，使其生根如古堡與帆船。在「生態學」和「保護自然」[6]的新觀念下，搖滾樂詩人斷然反對工業文明，反對空氣和水的染汙，反對「專家政治」下社會的種種病態。他們重新發現布雷克、雪萊、梭羅、惠特曼、威廉姆斯。他們要回到簞食瓢飲摩頂放踵的基督精神，且稱基督為「熠熠明星」。他們倡導回歸自然，縱浪大化，於是四十五萬人露宿在紐約州的伍德斯塔克牧場，聽了三天的搖滾樂。最近更有一張搖滾樂的西部片，其中的主角，在

---

6 Ecology和Conservation成為近幾年來美國朝野一致注意促進的大事。西方的科學，在征服自然之餘，不幸也嚴重地威脅到自然界的平衡狀態，致陷人類於危機四伏之境。在反工業文明的新思潮衝擊下，美國的青年於政治則嚮往無為之治，於生活則強調重返自然，所以對於西方的浪漫主義和東方的田園思想，皆有再發掘的興趣。「小國寡民，使有什伯之器而不用，使民重死而不遠徙。雖有舟輿，無所乘之，雖有甲兵，無所陳之。」老子的思想，諸如「寡民」（人口節制）、「不乘舟輿」（防止車煙染汙）、「不陳甲兵」（禁用核子武器）等等，反而成為先知先覺了。說到「不乘舟輿」，我有一個現成的例子：最近柯羅拉多州立大學有十幾位學生和三兩位教授要我教他們中國古典詩的吟詠。柯大在落磯山下的波德，寺鐘學院在丹佛，其間距離為三十哩，乃發生了交通問題。吟詠雅集前後六次，我要他們來丹佛就穆罕默德，他們則要穆罕默德去波德就山。山與穆罕默德，相持不下，最後柯大的一位教授說：「還是你來波德吧。一輛車在公路上染汙的程度，總不及我們幾輛車吞雲吐霧那麼厲害！」這頂「生態學」的大帽子一壓下來，我只好乖乖去朝山了。

這樣的精神下，寧願放棄神槍手的頭銜和奢華的享受，回到自然，在田裡種幾行菜。[7]正統的現代詩人，對於形而上的探索，個人夢幻世界的追求，和矛盾語法的經營，津津樂道，對於詩的社會意義和時代精神，則避之唯恐不及。搖滾樂詩人對於詩的所謂純粹性，並無多大興趣，他們對於當代的各種問題，卻極為敏感且樂於處理，面對千萬大眾，他們有許多切題的話要說。所謂protest song已經成為搖滾樂的一大部門。搖滾樂是一種洋溢著同情和活力的新藝術，它的境界或昂揚，或悲憤，或溫柔，或諧謔，但是絕少正統現代詩中常有的那種頹喪和無聊。青年們在現代詩的迷宮中既不得要領，自然而然，便一起投向搖滾樂的鼓聲中去了。

一座山究竟要活上幾年
才能夠沖到海洋？
那些人究竟要活上幾年
才能夠得到釋放？
一個人究竟要幾次別頭

假裝他沒見那景象？
答案啊，朋友，在風中飛揚
答案啊在風中飛揚[8]

拿巴布．狄倫的這節詩和魏爾伯的任何一節詩對比一下，都可以立刻發現，狄倫的句子雖然不及魏爾伯的雕金鏤玉，圓潤生光，但呼吸的卻是我們這時代。

——六十年五月九日於丹佛

7 片名是《薩克萊亞》（Zachariah），主角約翰．魯賓斯坦（John Rubinstein）不是別人，是鋼琴大師魯賓斯坦的兒子。這正意味著，這一代的音樂感性和上一代有多大差別。這張搖滾樂西部片一出來，等於宣佈一切西部武打片的死亡，其意義，可以比擬「吉珂德先生」之於騎士文學。搖滾樂對於美國電影的影響已經不小，當另文以論之。

8 Bob Dylan: "Blowin' in the Wind"第二段。

第十七個誕辰

葉珊幾度來信，說現代詩在臺灣的歷史，先後已近二十年，在屈原沉江之日，「各家各派」的作者如果能平靜地回顧並檢討一番，應該不是毫無意義的事情；又說要我以藍星詩社「掌門人」的身分，參加這一次的回顧。最初我要他去請夏菁，另一位「掌門人」，來寫這篇文章。他回信說，夏菁遁跡江湖，封劍日久，手頭又缺翔實的資料，因此無意出山，結論當然是不放過我。兩年來，我浪遊海外，山隱丹佛，揮筆無非蟹行，搖舌且多音節，除了迴腸縈心的故國以外，對於許多事情，包括所謂現代詩，都看得相當之淡，正如葉珊自己也常說的，「沒有詩，照樣活得下去。」這樣的心情下，要我大動筆墨，舊創復發式地回顧起來，說什麼也是不勝任的。何況這幾年來，我對於俠客式，不，乞丐式的無酬寫稿，早已深惡痛絕，認為編者於此，是助紂為虐，作者於此，是姑息養奸。至於劍一出鞘，鋒芒所及，不免又要傷人，更是仁者不為，智者不取的愚行。

然而我還是答應了葉珊。所謂「答應」，當初只是搖搖舌頭，輕鬆得很。如今限期將至，一搖舌成為千揮筆，雖然「這是知更鳥的日子」，知更在落磯山裡叫我去玩，也只好毀了一個週末，閉戶下扃，大孵其豆芽了。這就是文藝青年所謂的「人生的荒謬」。

在這篇文章裡，我要做兩件事：第一，是回溯藍星詩社的種種，第二，是稍稍檢討現代詩的過去，並隱隱眺望現代詩的未來。我要在此聲明的是：第一，文中的言論只是我個人的偏見與狂想，並不代表藍星詩社。第二，他鄉作客，剪報存書只能留守臺北的書齋，因此手頭毫無參考資料，也因此，許多事實，尤其是日期，都無法敘述得精確可靠。如有謬誤，將來一定補正。第三，去國二年，國內詩壇近況，雖間獲書刊窺其一二，畢竟隔海看山，仙蹤茫然，不足為憑。因此我的評論所及，應以一九六九年夏天為止，過此則有臆測之嫌。第四，這篇文章的劍法，以陰柔為主，無血無痛，點到為止，無意深入。二十年後，天下的豪俠應可封劍論道。分勝負是虛榮，決死生是愚妄。第五，本文提到的人名太多，為省篇幅，不及一一尊稱女士或先生，尚請原諒。第六，詩是我的初戀，但不一定成為我的末戀。近年來，我的藝術興趣，從翻譯到批評到散文，從西洋畫到古典音樂到搖滾樂，雖說與詩並行不悖，畢竟不是純詩的了。所以如此，潛意識上也許是對繆思的一種「報復」，要向她證明一點：就是，天下之美，不盡在此。加以我近年來對詩的組織，很少參加，對辦詩刊，很少興趣，朋友們當可領略此中之「淡」。至少久矣我不復有「刊物等於領土」之幻覺。則此時此地，我再來談詩，加有逆耳之言，該非違心之論吧？

我是在民國四十三年年初，幾乎同時認識鍾鼎文、覃子豪，和夏菁的。那時正值紀弦初組現代詩社，口號很響，從者甚眾，幾乎三分詩壇有其二。一時子豪沉不住氣，便和鼎文去廈門街看我，透露另組詩社之意。結果是一個初春（好像是三月）的晚上，我們三個人和鄧禹平在鄭州路夏菁的寓所，有一次餐聚。藍星詩社就在那張餐桌上誕生。當時夏菁曾函邀蓉子參加，蓉子有事未去，因此藍星詩社的發起人，名義上說來，便只有鼎文、子豪、禹平、夏菁，和我。

一開始，我們似乎就有一個默契，那就是，我們要組織的，本質上便是一個不講組織的詩社。基於這個認識，我們也就從未推選什麼社長，更未通過什麼大綱，宣揚什麼主義。大致上，我們的結合是針對紀弦的一個「反動」。紀弦要移植西洋的現代詩到中國的土壤上來，我們非常反對。我們雖不以直承中國詩的傳統為己任，可是也不願意貿然作所謂「橫的移植」。紀弦要打倒抒情，而以主知為創作的原則，我們的作風則傾向抒情。紀弦要放逐韻文，而用散文為詩的工具。對於這一點，我們的反應不太一致，只是覺得，在界說含混的「散文」一詞的縱容下，不知要誤了多少文字欠通的青年作者而已。

子豪一開始就喜歡幻想，堂堂如藍星詩社應該有一套基本的理論，因此在聚會的時候他幾度提出自己的理論，似乎希望大家接受，成為詩社的信條。幸好鼎文、禹平、夏菁屢加阻止，他才作罷。鼎文一向不好理論，禹平富於四川人的幽默感，夏菁則一聞主義長派別短就不快樂。事實上，子豪也是四川人，所以私下夏菁常對我說：「這是以蜀制蜀。」每次聽了，我都忍不住要笑。

當時眾人在餐桌上議定，編輯的事務採輪流方式，每人負責一期。可是這種輪流制，如果欠缺成熟的民主訓練和責任感，往往是行不通的。子豪自告奮勇，不久在《公論報》上洽得一塊園地，便逐期編起《藍星週刊》來了。當時和他接觸的作者很多，其中也有好些是參加了紀弦的現代派的。這些人很自然經常在兩人之間走動，對於子豪和紀弦之間的冷戰心情，不免越扣越緊。子豪主編《藍星週刊》，既然集稿有方，編輯甚力，又樂之不疲，其他的四個人久之也就採取默認的態度了。事實上，鼎文和禹平都相當懶，禹平當時已經少產，鼎文後來也漸漸減產；夏菁和我，發表的刊物很多，我自己更負責編《文學雜誌》的詩作，兩人對於印刷和銷路皆不理想的《公論報》，可謂興趣缺缺。子豪的幾乎是獨力經營《藍星週刊》，實在是很自然的結果。

至於「藍星」這個名字，倒是子豪想出來的。那年夏天，大家經常在中山堂的露天茶座聚會，一面飲茶，一面談詩，並傳閱彼此的新作。有一天，眾人苦思社名不得，子豪忽然說：「就叫藍星如何？」他也沒有解釋為什麼要叫藍星，大家也沒有多加推敲，一時就通過了。當時各人的作品也許大半不夠成熟，可是寫得都很認真，也很多產，聚會的時候，常有人帶新作去傳觀，因此很有相互激勵的意味。現在回憶起來，覺得那真是一個天真而且可愛的時期，也許幼稚些，可是並不空虛。

過了不久，蓉子就常常出現了。添了一位女詩人，我們的聚會就更多采多姿。可是那時羅門還在紀弦的旗下，衝勁很猛，似乎他們夫婦兩位，在文壇上的步伐不大一致。這情形，一直要到四十七年間羅門脫離現代派並加入藍星時，才告終止。同一時間，梁雲坡、司徒衛兩位也不時出現，且偶有刊稿。在子豪那一面，經常和他接觸而和其他社友較少往還的，有白萩、向明、沉思、彭捷、辛鬱、葉泥、彭邦楨、袁德星、朱家駿（即後來的朱橋）等好多位。

稍後一點，大約在四十四、五年之間，夏菁把季予介紹給大家，可是要說到對於詩社的影響，則這位新人遠不如同時出現的吳望堯和黃用。望堯的出現，大約比黃用要早一年，不過望堯的熱和黃用的冷，前者的好逞幻想和後者的善於分析，在對照之下，大大地豐富了藍星的視域。黃用於詩，才學都高，尤富批判的能力。一開始，他就對藍星不整齊的陣容頗為不滿，而於子豪在翻譯和詩學上的表現，尤不敬佩。平心而論，子豪的創作，每有可取之處，晚年漸入佳境，亦復大有可觀，可是他的外文和詩學，以言翻譯和理論，終覺勉強，卻又不知藏拙，因此在《論現代詩》一類的書中，錯誤百出。

因為黃用的加入，藍星對現代的論戰，一時軍容大壯。四十六年的夏天，藍星同人又在中和鄉夏菁的家中，議定要辦一個季刊，由鼎文、子豪、夏菁和我各編一期。不知怎麼一來，子豪籌到一筆錢，又演成他一人獨編之局。他在封面上大書「覃子豪主編」五個字，令眾人都不高興。夏菁與我引此相戒，所以後來我們主持編務的時候，都不肯自己出面，只將光榮歸於全社。

子豪既編《藍星詩選》季刊，便將《公論報》的《藍星週刊》交給了我。在我主編週刊將近一年的期間，我還負責《文學雜誌》和《文星》的詩作一欄，一時相當繁忙。主編週刊的經驗，是憎喜參半的：憎，是因為《公論報》的紙張和印刷都比別的報紙差，誤排既多，每星期五出刊後又往往會忘了送五十份贈刊給我，還要我親自去報社領取；喜，是因為投稿的作者很是踴躍，佳作亦多，編起來也就有聲有色。當時經常出現，且不少是初次出現，在週刊上的名字，包括向明、阮囊、夏菁、望堯、黃用、張健、葉珊、敻虹、周夢蝶、唐劍霞、袁德星、金狄等多人。其中的金狄，是我臺大外文系同學蔡紹班的筆名，他現在加拿大，常用本名在《中副》上發表哲學性的小品。瘂弦、洛夫、辛鬱、管管諸人出現得較少，原因是他們的作品，和上述其他詩人的作品一樣，我往往移用到《文學雜誌》上去。這時我和子豪合作得很愉快。兩人在詩壇上的淵源相異，交遊的圈子不同，不過對於新人的欣賞，大體上趨於一致，所以上列這張名單上可以自豪的名字，十之七八亦出現在《藍星詩選》上面。

同時，透過子豪的關係，《宜蘭青年》上更開闢了《藍星》分刊，由朱家駿主編。到底是朱橋的「前身」，編出來的這份分刊，已頗不俗。其實當時發表藍星同人作品的刊物很多，初不限於詩社自己的「機關報」；這些「友刊」包括《中副》、《文學雜誌》、《文星詩頁》、《創世紀》、《南北笛》等等。有一次望堯還用了「巴雷」的筆名，在紀弦主編的《現代》上刊出了好幾首怪詩，事後非常得意，好像是達成了一次間諜任務一樣。

這時詩壇上有一個很美麗的現象：不少作者頗能發揮個性，創造自己獨立的風格。也許今日回顧起來，那些作品顯得粗些或者嫩些，或者天真得「不夠現代」，可是大半生命飽滿，元氣淋漓，流露著可愛的本色，和稍後一段時期正宗現代主義產品的哽咽作態，大不相同。模仿甚至抄襲，不是沒有，例如紀弦、子豪、愁予、瘂弦等的作品，便是當時一般「盜寫」的對象，不過比起今日的抄襲成風、面目依稀來，還是清新得多。

四十七年夏天，先有羅門脫離現代派來歸，繼有「藍星詩獎」的頒發，和鼎文的宣佈退出詩壇，一時藍星詩社的動態，非常「新聞」。羅門的投奔藍星，很是戲劇化。他不但就此退出現代派，還要在《藍星詩選》上發表文章，申明他所以退出的理由，並且向紀弦擲出一隻鐵手套。當時元氣充沛的紀弦，一定比周瑜還要生氣。七月一日，為了慶祝《藍星週刊》二百期紀念，我們在中山堂頒發「藍星詩獎」給吳望堯、黃用、瘂弦，和羅門。詩獎的雕塑由楊英風設計，梁實秋頒獎，子豪主席，我致頌辭。那天觀禮的人很多，包括《文學雜誌》主編夏濟安和現代派的重要人物方思。事後夏濟安把我的頌辭刊在他的雜誌上。得獎作者的陣容，顯示這是藍星「聯創抗現」的一項政策。當時子豪和我不免沾沾自喜，坐在後排的方思則笑得非常複雜。我已經記不清那天禹平有沒有出席，只記得輪到鼎文致詞的時候，他忽然宣佈說從此他要退出詩壇。眾人驚訝之餘，都認為他選上社慶的這個場合來這麼一個戲劇性的聲明，未免不太適合。到現在我還是不明白，鼎文當時為什麼要說這一席話。一說那是由於子豪凡事喜歡獨攬，這話可能有幾分真實性。不過鼎文一般活動很多，寫詩在他只能算是次要之務，算是一種間歇性的噴發，子豪則於詩為專，也難怪他要獨攬。

同年十月，我來美國念書，好像《藍星週刊》也就停刊了。我將《文學雜誌》的詩交給夏菁，《文星詩頁》則交給子豪。同年十二月，望堯和夏菁創辦《藍星詩頁》，由夏菁主編。這份小刊物，編排靈巧新穎，不但省卻裝釘，而且方便郵寄，一時很得讀者喜愛。四十八年我回國後不久，夏菁便把這份「小藍星」交給我編。我編了很久，又給羅門、蓉子伉儷合編。他們編得比我出色，過了一個時期，又還給我。直到五十三年我來美講學，才再度由羅門、蓉子接編，之後又給王憲陽主編，不久好像也就停刊了。這份詩頁，除了偶或中輟，一直按月出版，一度還增加篇幅到兩張甚至兩張半，也就等於八版到十版。它每期的篇幅雖然顯得相當迷你，可是加起來的總篇幅，恐怕比任何大型的詩刊都少不了太多。而由於一期篇幅有限，編起來也較能集中，精練，而且美觀。這時，常在詩頁上刊登作品的詩人，除了在週刊時代的舊人以外，更出現曹介直、陳東陽、王憲陽、吳宏一、菩提、鄭林、王渝、蜀弓、楚風、白浪萍、方良、藍采、方莘、高準、曠中玉、劉延湘、周英雄、曹逢甫、李國彬等的名字。筆名的流行，使作者陣容顯得比實際上的要壯闊些：例如胡筠便是夐虹，汶津便是張健，商略是唐劍霞，浮塵子是曹介直，女詩人專號上的聶敏是我自己。

就在我出國的時候，大約是四十八年的春天，藍星內部發生了一次不小的齟齬。其時黃用以批評家的鋒芒和青年人的銳氣，在他的四周頗吸引了一些少壯的作者，而與他往來最密的，則有葉珊和洛夫。三人對子豪的欠缺敬意，時或溢於言表，子豪偏又素以前輩自居，因此相互之間的不滿之情，時弛時張，已有一段日子。「事發」之日，雙方似乎都很激動，遂達不可收拾的地步。我原不在場，事後眾說紛紜，亦莫衷一是。文壇聚散本來無常，這樣不迷人的場面，我自己也經歷過多次，何況一方詩友墳木已拱，談之何益。不過事後接到黃用來信，說少壯詩人，方籌組「五人派」，欲以一新詩壇耳目，可是他自己頗為踟躕，最後提出「也要余光中加入」為他加入的條件，其他四人也答應了云云。五人者，瘂弦、洛夫、葉珊、夐虹，和黃用自己。這個陣容確乎不弱，當日果真組成一派，詩壇要轉禍為福，也不一定。我很感激黃用相邀之意，可是在回信上坦白地說，夏菁在國內正辛苦經營《藍星詩頁》，如果此時我竟捨他而去，於情於義，都說不過去的，同時，我也不願和望堯分手。後來不曉得為什麼原因，所謂的「五人派」也沒了下文。

四十八年夏天我既回國，第一件事，便是在子豪和黃用之間竭力斡旋，企圖彌補藍星同人的裂痕。總算給我面子，雙方不再僵持，黃用也很有風度，在會上稱子豪為「覃先生」。當時我私心慶幸，認為藍星團結有望。沒有想到，就在第二年（四十九年），黃用和望堯先後出國，第四年（五十一年），夏菁也來美，第五年（五十二年），子豪竟便逝世。少壯派的黃用和望堯既告別了繆思，藍星的發展史遂進入後半期。從另一個角度來看，也可以把子豪的逝世視為藍星前後期的分水嶺。總之，到了後半期，就要靠蓉子、羅門、向明、夢蝶、張健、敻虹諸位來撐持局面。現代派在方思走後就失去平衡。藍星社在走了望堯、黃用，啞了阮囊，死了子豪之後，陣容大見遜色，發展也就改向。創世紀的幸運就在聚而不散。

當時藍星的同人也不能不團結，事實上，所有現代詩作者都有合作的必要，因為當時文壇上對於所謂現代詩漸起反感，形諸筆墨的亦復不少。先是子豪和蘇雪林為了象徵主義的解釋涉及現代詩的評價，在《自由青年》上展開論戰，頗令文壇側目。繼有我在回國後和言曦為了更廣泛的問題，在《中副》、《文學雜誌》和《文星》之間掀起的辯難。後來的發展，不再是一對一的論爭，而是一場混戰。在現代詩一邊衛戰最力的，有虞君質、黃用、夏菁、吳宏一。攻擊現代詩最烈的，有門外漢和吳怡。對現代詩的非難多於同情的，有陳慧和孺洪（高陽）。《創世紀》季刊曾經響應我們。紀弦也在我力促下在《藍星詩頁》上發表了一篇〈我的立場〉。至於誰勝誰負，可說見仁見智，因為評定勝負的準則，深一層看，不在論戰本身，而在現代詩的興衰甚至存亡。十年後的今天，事實證明，現代詩非但沒有亡，甚至也沒有衰，相反地，現代詩的讀者日益增加，現代詩人在文壇上甚至學術上的地位也日見提高。現代詩的作者和支持者之中，在國內國外已任文學教授且又表現出眾者，屈指算來，至少有一打以上。五十六年一月某夜，我和司馬中原在成功大學演講，蘇雪林正襟危坐在擁擠的聽眾之中，聽我朗誦的，正是現代詩。那些聽眾大半是她自己的學生，可是她已經無力阻止他們來接近現代詩了。這種「時間的諷喻」當時並沒有使我驕矜起來。相反地，言辭之間我對她甚為尊敬，同時由於有「長者」在場，唯恐頂撞了她，我還將預定要誦的一首〈七十歲以後〉特別刪去。不料事後她竟在《純文學》上對我冷嘲熱諷，而且企圖用徐志摩來鎮壓我。十年來，現代詩人一直在求進步，不但在學問上做功夫，而且在文學史觀的透視上，適度調整了自己對中國傳統和西洋時尚的看法。相反的，當日抨擊現代詩的人士，十年來多半一成不變，仍然在五四的襁褓裡牙牙自語。那就不能怪時代和讀者要遺棄他們了。

這麼說來，十年後的現代詩是否就算勝利了呢？曰又未必。現代詩固然一直屹立到現在，而且很有一派尊嚴，可是那屹立的樣子，總有一點像比薩斜塔。僅看十位到十五位頂尖詩人的代表作，現代詩的成就實在已經不可輕侮，可是放眼縱覽一般現代詩，則又不能令人免於杞憂。現代詩本身的種種病態，十年來我在詩友不悅的面色中曾數作逆耳之言，因而喪失了許多昂貴的友情。後來這種逆耳之言竟出於很有地位的現代小說家之口。等到在三月號的《幼獅文藝》上讀到洛夫的〈一九七〇詩選序〉，述及語言的僵化，文字的夾纏，到了「已使紙張祴黃在無望的婚媾之中」的地步，我益加相信，現代詩的病情，十年來並無減輕的徵象。當日論戰初啟，樂觀的夏菁曾對我說：「遠景還是樂觀的。說不定長此論戰下去，現代詩人反而看清傳統是怎麼一回事，而保守人士也看懂了現代詩。」夏菁的預言只兌現了一半。保守的人士習慣多已僵化，到現在仍然看不出現代詩憑什麼迷人，可是有不少在當時是非常激烈的現代詩人，今日已經大大修正了對中國古典傳統的評價，並在自己的近作中表現出這樣的轉變。

在那次論戰的開始，藍星詩人並不是遭受攻擊的主要對象，可是奮起守衛第一線的，大半是藍星詩人，因為那時，藍星作者能發表文章的刊物很多，也確實舉得起幾枝能言善辯的筆。從論戰後的劫灰中，藍星作者努力擴充現代詩的領土，在慘淡經營下逐漸贏取了讀者的同情。其中的一例，便是倡導現代詩的朗誦會，把現代詩從滯銷的詩刊上推展到大眾之間，也就是說，把消極的讀者變成積極的聽眾。到我五十三年秋天來美講學為止，藍星詩社在臺北先後舉辦了三次這樣的朗誦會，聽眾一次多於一次。最後的一次，名義上是和《現代文學》季刊聯合舉行。那是五十三年三月三十日的晚上，耕莘文教院的大禮堂上，連坐帶站的聽眾，約有五百五十人。這數目在現代詩的朗誦已經流行的今天，恐怕也不算小吧。當時頗有一些現代詩人，表示現代詩是一種微妙高深的藝術，只合在個人的世界裡慢慢體會，豈可去大庭廣眾之間朗誦？事實上，哪有一種詩的藝術是不能接受聽覺的考驗的呢？像狄倫．湯默斯那麼晦澀的詩，尚可用朗誦來贏得聽眾，臺灣的現代詩何獨不能？事實已經證明，這是可以成功的，不但可以成功，還可以對現代詩創作的本身，起一種健康的反作用。在朗誦會上，聽眾的反應是一個冷酷的現實。如果詩人給聽眾的，是彆扭的句法，生澀的文字，加上支離破碎的節奏，則聽眾給詩人的，不是冷漠，便是譏諷。現代詩固然不屑於做到「老嫗都解」，但是總不甘於接受「大學生也茫然」的現象吧？目前不少現代詩人在語言上漸漸趨於開朗，恐怕現代詩的朗誦是導因之一。

子豪死前不久，胡品清從法國歸來，不但藍星多了一位女詩人和翻譯家，子豪的生活上也起了一些波瀾。品清是一個內傾的人，她回國後和藍星同人很少見面，子豪一死，聯繫就更淡了。同時我和子豪之間，漸生誤會，竟至不相往來。這實在是藍星的不幸。我必須坦白承認，從組社開始，我對子豪的外文和詩學，一直缺乏由衷的敬佩。子豪歡喜獨攬，也不免倚老，是事實，不過他對夏菁和我，倒是一向很熱情，也夠禮貌。我們雖然有時候在私下取笑他的虛張聲勢（事實上，夏菁、望堯、黃用，和我之間，誰又能免於背後的相互嘲弄呢？），還不至於對他無禮，相反地，我們認為他是一個朋友，並欣賞他對詩的專一和赤忱。在他那一面，到了後期，對我究竟為何不滿，我不願多加陳述或推測。不過那時我在文學上的活動，已經發展到散文和藝術評論，而且對於詩的看法有了很大的變化，不可能處處再和他同進共退。加以紀弦的現代派已經解散於無形，而於我及子豪私交皆篤的望堯又遠去越南。用馬基亞維利的口吻來說，去了一個共同的「敵人」，又走了一個共同的知己，這樣的情形，有了什麼誤會，就不容易冰釋了。在子豪死後近八年的今天，我仍然認為當初和他的結合是有意義的事情，和他的交往不無愉快可憶的日子，且認為，他對現代詩畢竟功多於過，不失為早期現代詩運動的核心人物之一。相信夏菁也有近似的感想。

羅門和蓉子合編的《一九六四藍星詩選》，無論在編排和內容上，都是一本上乘的刊物。可惜在我二度來美以後，他們就沒有繼續下去。我在美國兩年期間（五十三年至五十五年），夏菁恰恰也有一年在美國。在這段日子裡，藍星同人雖然以個別而言各有表現，但集體的活動則幾乎停頓。從五十五年回國到五十八年三度來美，其間三年，我先後主編過《近代文學譯叢》、《藍星叢書》，和《現代文學》雙月刊，餘下來的精力，都分佈在自己的詩、翻譯、批評和散文上，同時還在師大、臺大和淡江三校開課；加以羅門、蓉子、張健三個人都因事忙而不願套上編輯的巨磨，夢蝶孤雲野鶴，夐虹人比蒲柳，亦不忍遽以重擔相加，夏菁又早我一年出國，去牙買加任農業顧問，所以始終沒有再辦什麼詩刊。藍星早期曾出版《藍星詩叢》二十四種，規模之大，超過同一時期任何詩叢。後期的《藍星叢書》也已經出版了十種，內容的評價見仁見智，在此免去主觀的自詡，可是說到編排、印刷和校對，尤其是英文的校對，可以說是對讀者交代得過去的。

我實在不能預言，藍星的未來會有什麼樣子的發展。我只能說，如果它要再出發遠征，則後期的這幾位主將，軍容猶壯，可堪一馳，如果它不幸就此降下半旗，則它也已經捫心無愧完成了它的歷史任務。不過這是社友們共同的抉擇，非我一人所敢決定。藍星的結合，完全基於各社友自由的意志與個人的尊嚴。也許正因如此，我們始終沒有以集體的名義亮出什麼主義或口號，說非如此如此就不算現代詩。這樣的「地方分權制」，缺點是以文學運動而言不夠狂熱和號召力，不容易形成所謂潮流，優點是解除了理論甚至教條的桎梏，社友的創作比較容易作個別而自由的發展，風格較富多般性。除此之外，藍星似乎還有一個傳統，就是社友之間，較少相互標榜的傾向。當然，相互之間要截然禁絕美言佳評，是不可能也是不近人情的事，不過溢美之辭尚少氾濫成洪至於荒謬的程度。這種低姿態的作風，對於喜歡高帽子的青年作者，當然缺乏鼓舞性。

去國二年，忽焉又是知更鳥和蒲公英的季節。「青春結伴好還鄉」，是嗎？久矣我已經習於無伴可結無鄉可還也不再那麼青春的獨客之情。登高臨風，我遙念國內的藍星詩友，念他們在杜鵑花後端午節前有什麼新作，也遙念墨西哥灣對岸的夏菁，念他在靜靜的林間是否已渾然忘卻繆思。我更遙念地下的子豪和遺棄了繆思的望堯、黃用、阮囊。她的這一個孝子和三個浪子，本身已足形成一個陣容充實的詩社，把他們從一個詩社裡減去，該是多麼重大的損失！

對於猶健的同伴，我只有下面一番話相慰：所謂主義，所謂派，所謂社，只能視為一種觸媒，它的作用只在於催化，至於充分的完成，恐怕還要個人自己去努力。次要的藝術家往往就止於一個派別，唯有大藝術家才能超越派別的生命而長存：葉慈、龐德、莫內、畢卡索、史特拉夫斯基，前例太多了。至於屈原和陶潛，那是什麼詩社也沒有參加過的。則又何須悵悵？

回溯罷藍星的發展史，再略談整個現代詩的過去、現在和將來。讓我分成下列的幾個問題來逐一討論：

（一）從晦澀到透明：自從超現實主義的一些觀念輸入我們的詩壇以來，詩人的活動空間似乎忽然變成無窮大，而表現的技巧也相對地倍增了起來。詩思的變質使詩的語言忽然有了一個巨變，經驗的絕緣化便產生了晦澀的問題。前一個時期的一些新古典傾向，例如紀弦理論上的主知主義和方思創作上的主知精神，到了這個時候，便在新起的反理性浪潮中淹沒了。放逐理性，切斷聯想，扼殺文法的結果，使詩境成為夢境，詩的語言成為囈語甚或魘呼，而意象的濫用無度，到了汩沒意境阻礙節奏的嚴重程度。我不否認，超現實主義確曾拓展了詩的視域，並豐富了詩的手法，可是我要指出，實際上它的魔術只加速了少數能放能收能入能出的高手的成熟過程，對於大多數的冒險家而言，不幸道高一尺，魔高一丈，終陷於走火入魔的危境。

晦澀，恐怕是繆思身上最後的一個祕密了。這是晦澀迷人的地方。如何親近她而又在緊要關頭保全她這個祕密，也許是詩人最難把握的一個天機。多少作者缺乏了這麼一點「巧力」，結果往往是抓住了祕密，卻逃走了繆思。用中國批評的術語來說，那便是一種「隔」。對於現代詩晦澀之病，十年來我曾直諫再三。事實上，像「我實實不能相信四枚眼核不能成為好看的麥田和父母的美名」一類的句子，其晦澀之病不在皮膚，而在骨髓，以文字而言，這一句不但文法清楚，而且節奏明快，毛病在於透明的文字背後，只看見一隻盲人的眼睛，也就是說，文字的意義未能蛻化為詩的意境。從這個例子看來，晦澀的病徵雖見於文字，晦澀的病源卻出於思想。胸中如果不能豁然，筆下怎能做到恍然？如果一個作者仍迷信他有將經驗絕緣化的權利，則跟在他背後為他收拾文字的垃圾，恐怕沒有什麼用處吧？

近三四年來，這種晦澀之風已經激起了普遍的反動。這個反動表現於兩種相近甚或相疊的傾向，其一是反晦澀而趨透明，其二是反文言而趨口語。白萩、戴成義、劉延湘三位，是最顯著的例子。「笠」一向以口語化為口號，而一些年輕的新人之間，口語化的傾向也很是普遍。此外如周夢蝶、溫健騮、鄭愁予、商禽、洛夫、大荒、葉維廉幾位，也或多或少表現出上述的兩種傾向。我自己最近的詩也企圖做到口語上的透明，同時，搖滾樂的歌詞也正開始對我若有所示。

不過，所謂透明，應該是指藝術效果的簡潔化和直接化，不是指藝術效果的沖淡。如果我們作深入的分析，則所謂晦澀，通常有兩個原因，其一是文字的篇幅或組織不能負擔過重的意義，其二是文字成了意義的障礙。另一方面，明朗的陷阱並不少於晦澀的陷阱，因為明朗的極端是淡白無聊，窮扯。一個詩人如果失敗於晦澀，並不意味著他會成功於明朗。詩的語言需要維持一定的緊張感。透明的詩需要深入淺出，淡中見濃，似鬆實緊，這對於拔山扛鼎出手重慣了的現代詩人，實在是一項新的挑戰。過去，走深奧路子的詩人之中，犧牲的遠多於成功的；可以預言，平易的路子也不會見到很多人凱旋。在反晦澀傾向成為時尚之前，我願意提出這樣的警告。

（二）從否定到肯定：我還沒有想通，晦澀的形式與否定的精神之間，是否一定有表裡的關係，所以我不能預言，說反晦澀的傾向後面，隱約可以窺見反否定的傾向。這裡我要聲明，所謂否定，是指虛無或悲觀，並不包括諷刺，因為諷刺的文學實際上在否定中見肯定，往往非常明快有力。我不否認，現代詩的否定氣氛有其時代和地理的背景。我更不否認，否定的文學似乎更有深度，也確曾產生了不少傑作。可是，十七年後，我很不願意想像，現代詩的未來，仍將委屈在否定的陰霾之中。

不知道我能否提出這麼一個假定：《楚辭》的晦澀來自它的否定，《詩經》的開朗來自它的肯定。我們的現代詩，好像更接近《楚辭》一點。也許中國是一個飽經憂患的民族，而我們這一代的中國人也實在找不到多少快樂的原因，可是我實在不忍見到下一代繼續我們的傳統。喜悅和悲哀，同為生命的兩大動力，可是前者在現代詩中幾乎還是未開拓的處女地。正宗的現代詩，念念不忘於個人在現代社會中的孤絕感，不但疏遠了自然，抑且隔離了社會，剩下來的一條路是向內去發掘一個無歡的自我。正宗的現代詩人，面對一朵花或是一位路人，在理論上說來，是不可以張臂伸手去擁抱的。哲學上說來，否定是分，肯定是合。莊周夢蝶，是喜悅，是肯定，是人與自然之合。「舉杯向天笑，天迴日西照」是李白的喜悅，李白式的人合自然。杜甫的偉大，在於「吾廬獨破受凍死亦足」能在悲哀中與社會合一。我們的現代詩一自外於自然，再自外於社會，既不與天人交通，無須共鳴，當然要晦澀起來，而且題材日呈枯竭之象了。

不過，最令人厭煩的現象，是偽虛無的流行。現代詩第一代的某些作者，在他們的詩中，哭是真哭，怒是真怒，仰天而呼是真的痛楚和激昂。到了第二代的詩中，往往就成為人哭亦哭，人怒亦怒的「塑膠虛無」，面目相似，神氣全失。效顰，已經很可笑，效蹙，就荒謬了。理論上說來，青年的可貴全在喜悅，肯定，與萬物合一。杜甫詩中儘多「老病有孤舟」之句。但早年也不乏「會當凌絕頂，一覽眾山小」的喜悅。我們的許多青年詩人，雖然善用西方的術語來化裝，事實上也不過是在歎「老病有孤舟」罷了。

如果說，這不過是國際詩潮的區域化而已，那就是真正不明國際詩潮了。例如美國年輕的一代，欲與自然合一的新思想，在當代美國詩和搖滾樂中已有很強的表現，而搖滾樂的社會性，更是非常顯著的一股潮流。

（三）從反傳統到成正宗：遠從紀弦組現代派而高呼反傳統起，幾乎沒有一位重要的現代詩人不曾反叛過傳統。所謂反，有時是理論上的，但更常見的是創作上的，而所謂傳統，不僅指中國的古典，也包括早期的新詩。但所謂反傳統，常是一個界說含混的名詞。有時候反傳統只是反某一時期的傳統，卻與另一時期的傳統暗相呼應；有時候反傳統只是反傳統中的某一精神，卻與傳統中的另一精神並行不悖。百分之百的反傳統，是不可思議的，因為那意味著連本國的文字都可以拋棄，簡直等於自殺。我們不能想像一個完全不反傳統或者反傳統到回不了傳統的大詩人，同樣，我們也不能想像一個不能吸收新成分或者一反就會反垮的偉大傳統。中國文化的偉大，就在它能兼容並包，不斷作新的綜合。老實說，一個傳統如果要保持蛻變的活力，就需要接受不斷的挑戰。用「似反實正格」來說，傳統要變，還要靠浪子。如果全是一些孝子，恐怕只有為傳統送終的份。所以平平仄仄的諸公，根本於事無補。

真正的反傳統，至少有一個先決條件：認識傳統。從《詩經》到《紅樓夢》，每一種文學的代表作，我們是否有相當的認識？一首詩如果這樣寫，本質上與李賀的有什麼不同？這一句的表現方式，在古典詩中真是沒有前例嗎？如果一個人從未這麼自問過，就貿然宣稱他要反傳統，只是自欺的姿態罷了。保守的人士，一入傳統即不可出，崇洋的呢，未及傳統之門就要推倒傳統。真正的認識傳統，是入而能出。有一些人云亦云的反傳統作者，連傳統中最基本的中文都沒有把握，不知「通」為何物，就幻想自己要超越文法與邏輯，結果只有害自己。

近年來，很有一些當初反傳統甚為激烈的現代詩人，修正了，甚或否定了他們早年反傳統的觀念，並且在批評上引證傳統，宣揚古典。這實在是詩史觀上演變的自然結果，不過當初在反傳統豪氣的激盪下，他們也確曾為中國詩的傳統增加了一些瑰奇新麗的東西，足見反傳統真可能反出一點名堂來的。只是在現代詩的運動中，我們不妨經常保留一個「少數民族」，一個「異端」，作為未來蛻變的一個因子。例如，在盛行晦澀與反傳統的早年，我是一個異端，甘冒天下之大不韙，鼓吹明朗與傳統。現在明朗與傳統漸漸盛行，我反而希望有少數頑固分子，繼續搞他們孤獨的晦澀和反傳統，為第三代的現代詩作一伏筆。

說到現代詩人的再接受傳統，我認為這還不夠。我的遠景還要美麗一點。現代詩人在接受過西洋現代文藝的洗禮後再回顧中國的古典詩，我們眼中的古典詩不再是平仄諸公眼中的「舊詩」了。可是在一般讀者，尤其是平仄諸公的眼中，我們也只是一個異端，不是上承古典詩的正統。如何用現代詩人的新眼光，去詮釋並重估中國的古典詩，另一方面，用中國古典詩的精神，來做現代詩某些本質的註腳：這樣把現代詩接上中國詩的正統的工作，對於現代詩人該是一個重大的考驗。例如用新的眼光來編一部《唐詩三百首》，或是重寫一部「中國詩史」，或是予一位古典大詩人重新估價，或是對古典的詩評作一個反批評，或是在大學和中學的詩教育上作一個全新的改革，凡此種種，都屬於上述「正統運動」的範圍。不可諱言，目前現代詩人的古典修養，還不能充分勝任這樣的工作，不過，一步一步慢慢去做，總比空言古典的偉大有意義吧。

（四）從輸入到輸出：如果沒有國際間的文學交流，十七年來現代詩在臺灣的發展，將是不可思議的。不過所謂交流，到現在為止，只是一個美名，因為幾乎沒有輸出。至於輸入，則十七年來，似乎一直沒有中斷。輸入的方式有四：最普遍的是西洋現代詩的中譯，其次是論評的介紹，再其次是各大學外文系的課程，最後是留學生到外國去「取經」。先從後面說起。「取經」應該是最可靠最直接的輸入。十幾年來，我國去美國、日本、歐洲各國取經的玄奘，至少有三十幾人，去愛奧華一地的就有九人，不能算是太少。只是這種方式的輸入，只限於少數幸運的人，而且很有幾位玄奘一去不回，像方思、方新、方旗、黃用、林泠那樣。外文系的課程，受惠者比較多，可惜高材生不一定有詩人的「仙骨」，甚至也不一定能成學者的正果。西洋詩及其理論的譯介，該是最大眾化的輸入方式，不過這樣的專門人才，在現代詩人自己的陣容裡，實在不多。十七年來，我們很有一些熱心而不稱職的「譯介人」，譯介了不少失真的創作和理論，對輸入的貢獻只能算功過參半。現代詩一部分的亂象，是要這些人負一點責任的。真正稱職的譯者不是沒有，同時還有一些學者，像陳祖文、陳紹鵬、程抱一，和顏元叔，雖不以詩人自居，但在這方面對於輸入的工作也能有所貢獻。

對於一般的譯介人，我們似乎有權提出下列的請求：這是一種近乎專家的工作，如果外文不精，詩學不濟，那麼不如乘早光榮引退，或努力進修，以免誤己誤人。第二，一切譯介最好能做到「第一手」，而避免轉譯或傳述。與其從英文中去窺袞特．格拉斯（Gunter Grass）的真相，或是從日文的評論中去傳述龐德，何不把這些任務還給德文和英文的高手？第三，一篇論文中如果引用了他人的譯詩或譯文，理應註明出處，以免掠美之嫌。我的譯詩最近就出現在這麼一篇文章裡，全未標明來源。我想其他譯者也曾有同樣的經驗。這實在是非常失禮的事。在這裡我要舉杜國清的《艾略特論評選集》為例，說，像這樣集中、稱職，而且校對盡責的譯介，才算是夠格。希望西洋其他的詩人和批評家，在我們這個不夠整齊的譯壇，也能夠受到同樣的「優待」。

至於輸出，則十七年來的成就是十分歉收的。包括選集、專集，和零星的譯介在內，恐怕不會超過二十五種。譯文的幅度雖然包括英文、法文、韓文、日文（不知道「笠」發起的日譯選集是否已出版？）和德文（包括一九七〇年Akzente對《蓮的聯想》的介紹），可是距離在國際間引起注意的程度，還很遠很遠。不要說什麼遠征歐美了，即使一水之隔的菲律賓，對我們現代詩壇的真相，仍是欠缺認識的。

另一方式的輸出，是在外國的大學裡推展中國現代文學的課程。據我所知，在美國大學裡擔任這方面教授的，便有白先勇、葉珊、葉維廉、於梨華、聶華苓、江玲等好幾位，只要我們有夠多夠硬的貨色，這方面是可以慢慢打開的。

也許我們祖先的文學遺產太輝煌了，也許目前我國在政治上處於一種不正常的情勢，也許我們自己在輸出的工作上不夠努力，總之，結果是我們的現代作家，在國際文壇上仍是一個「沒有臉的人」，至少，對外而言，不如日本、韓國、菲律賓，對內而言，不如劉國松那樣的現代畫家。在國際詩壇上，共產國家的葉夫杜盛科、瓦斯內森斯基、巴斯特納克、布瑞克特，和同路人的內魯達等等，都非常受人注目。

這就要說到另一個正統的問題了。目前的問題是：我們不但對內，要在自己的文學傳統中爭取現代詩的正統地位，還要對外，在國際的文壇上為我們十七年來的現代詩爭取中國新文學上的正統地位。這句話，恐怕國內的詩人不太了解，因為我們都知道，從一九四九年到現在，二十多年以來，大陸上已有詩亡之痛，要說中國新詩的傳統，當然由臺灣的現代詩來承先啟後。可是在國際的翻譯界，由於欠缺這樣的認識，並且接受了一種泛政治主義的幻覺，常用艾青田間的作品做中國新詩的壓卷之作。更有不少英譯選集，例如錯誤百出的《白駒集》竟以毛澤東的舊詩終篇。長此以往，我們的現代詩將只能在荒原裡做獨奔的黑馬。我們如果不能精心翻譯，有效輸出，那就只能在國際文壇上，做一個「沒有臉的人」。

——六十年詩人節於丹佛橄欖街

後記

先是《左手的繆思》。然後是《逍遙游》。然後是《望鄉的牧神》。現在，是這本《焚鶴人》。

四本書都是相當龐雜的文集，其中的散文，大半屬於批評，小半屬於創作。後者也就是我所謂的「自傳性的抒情散文」。只是在《焚鶴人》裡，後者的比例稍稍增加，幾達三分之一的篇幅。事實上，在我的筆下，後者與前者往往難以截然畫分。我的散文，往往是詩的延長；我的論文也往往抒情而多意象。這種傾向，也許不足為法，但這是天性使然，不能強求，也無可戒絕。韓公以文為詩，蘇髯以詩為詞，尚不免論者之譏。其實東坡先生寫起抒情散文來，也常常愛發議論，一篇〈前赤壁賦〉，高談闊論倒占了一半的篇幅。歐陽修的〈秋聲賦〉還不是一樣。以前的詞章家硬性規定，什麼是抒情文，什麼是議論文，實在沒有什麼意義。

〈如何謀殺名作家？〉一類的作品，說批評不像批評，說創作又不像創作，什麼都不像，只像我的作品，如此而已。卷首的六篇創作，〈丹佛城〉比較落實。〈食花的怪客〉和〈焚鶴人〉，是投向小說的兩塊問路石。其餘三篇，散文不像散文，小說不像小說，身分非常可疑。顏元叔先生認為〈伐桂的前夕〉兩皆不類，甚以為病。其實，不少交配種的水果，未見得就不可口吧。只要可口，管它是芒果還是香蕉？任何文體，皆因新作品的不斷出現和新手法的不斷試驗，而不斷修正其定義，初無一成不變的條文可循。與其要我寫得像散文或是像小說，還不如讓我寫得像──自己。對於做一個enfant terrible，我是很有興趣的。

讀者想已發現，這本書裡，純粹論詩的批評只有三篇，比以往的文集顯然要少。其中〈撐起，善繼的傘季〉是因施善繼先生請求為他的詩集《傘季》作序而寫。〈翻譯和創作〉一篇，是應香港中文大學之邀而寫，並在五十八年二月該校主辦的「翻譯問題研討會」上宣讀，事後收入《翻譯十講》一書。

五十八年秋天，我應美國教育部之請，去丹佛的寺鐘學院和科羅拉多州教育廳工作，為時兩年。集中的〈丹佛城〉、〈宛在水中央〉、〈在水之湄〉、〈現代詩與搖滾樂〉，及

〈第十七個誕辰〉等五篇，都是三度旅美時的作品。

余光中

六十一年三月二十五日・臺北

焚鶴人

國家圖書館出版品預行編目 (CIP) 資料

焚鶴人 / 余光中著 . -- 初版 . -- 臺北市 :
九歌出版社有限公司 , 2022.11
面 ; 公分 . -- (余光中作品集 ; 31)

ISBN 978-986-450-494-7(平裝)

863.55　　111015925

著　　者——余光中
校　　訂——范我存、余珊珊、余幼珊、余季珊
責任編輯——李心柔
創 辦 人——蔡文甫
發 行 人——蔡澤玉
出　　版——九歌出版社有限公司
臺北市 105 八德路 3 段 12 巷 57 弄 40 號
電話／02-25776564・傳真／02-25789205
郵政劃撥／0112295-1

九歌文學網　www.chiuko.com.tw

印　　刷——晨捷印製股份有限公司
法律顧問——龍躍天律師 ・ 蕭雄淋律師 ・ 董安丹律師
初　　版——2022 年 11 月
定　　價——340 元
書　　號——0110231
I S B N——978-986-450-494-7
9789864505036 (PDF)

＊本書原版於 1972 年 4 月由純文學出版社有限公司出版